Ein Quälgeist kommt selten allein

SIMON BRETT

Ein Quälgeist kommt selten allein

Aus dem Englischen
von Renate Dornberg

Illustrationen
von Tony Ross

Weltbild

Die englische Originalausgabe erschien 1997 unter dem Titel
Not Another Little Sod! bei Victor Gollancz / Cassell Group, London

Genehmigte Lizenzausgabe
für Verlagsgruppe Weltbild GmbH,
Steinerne Furt, 86167 Augsburg

Übersetzung: Renate Dornberg
Umschlaggestaltung: Atelier Seidel – Verlagsgrafik, Teising
Umschlagmotiv: Masterfile (© Chad Johnston), Düsseldorf
Gesamtherstellung: CPI Moravia Books s.r.o., Pohorelice
Printed in the EU
ISBN 978-3-8289-9252-8

2011 2010 2009 2008
Die letzte Jahreszahl gibt die aktuelle Lizenzausgabe an.

Für Elizabeth Motley
(die verstehen wird)

Fünfundzwanzigster Monat

1. Tag

Ich sehe meinem dritten Lebensjahr mit großer Zuversicht entgegen. Ich bin viel größer und reifer geworden. Ich bin schon bemerkenswert geschickt. Ich kann mit einem Löffel essen, wenn mir danach ist, aber mit Fingern macht es mehr Spaß. Ich kann einen normalen Becher benutzen anstelle der Kipptasse – auch hier nur, wenn mir danach ist, also meistens – denn mit normalen Bechern kann man mehr herumsauen. Ich bleibe sogar schon manchmal in einem Windelslip (oder neudeutsch: Trainer) trocken – aber meistens habe ich keine Lust.

Und ich habe ein Vokabular von fast zweihundert Wörtern – die jeweilige Sprache für manche dieser Wörter muß allerdings noch erfunden werden.

Ja, ich bin inzwischen ein ganz geschicktes Kerlchen mit vielen hochentwickelten Fertigkeiten. Und wie werde ich diese Fertigkeiten in meinem dritten Lebensjahr zur Anwendung bringen?

Erraten. Für dasselbe noble Ziel wie in meinen ersten zwei Jahren – um meinen Eltern das Leben zur Hölle zu machen!

Das muß man ihnen lassen: ab und zu geben sie sich wirklich Mühe. Heute haben sie zum Beispiel eine Geburtstagsfeier für mich veranstaltet. Beide nahmen sich, was schon ein halbes Wunder ist, den Nachmittag frei. Und sie sparten wirklich an nichts: bergeweise Kuchen, Wackelpudding, Kartoffelchips usw. Und Dutzende von Süßigkeitenbeuteln für mich.
Toll, dachte ich. Endlich bieten mir meine Eltern den Lebensstil, den ich verdiene.
Und dann verdarben sie alles, indem sie einen Haufen anderer Kinder einluden, um die Leckerbissen mit ihnen zu teilen! Sie luden sogar das am meisten verachtete Objekt der ganzen Welt ein – Klein-Einstein, der ungefähr zur gleichen Zeit wie ich geboren wurde und mich seither verrückt macht, weil er jede Entwicklungsstufe durchläuft, ehe ich auch nur an sie gedacht habe.
Wenigstens sorgte ich heute dafür, daß sich Klein-Einstein auf dem Nachhauseweg Schlagsahne und Wackelpudding aus verheulten Augen wischte.

Das Schlimmste aber – meine Eltern verschenkten die Süßigkeitenbeutel an die anderen Kinder! Mir blieb nur ein einziger! So was Gemeines.

Bei meiner nächsten Geburtstagsfeier stelle ich meine Gästeliste selbst zusammen. Und es wird überhaupt niemand darauf sein.
Andererseits bekomme ich auf diese Weise mehr Geschenke. Alle brachten mir etwas mit.
Ach, übrigens, Ende letzten Jahres hatten meine Eltern eine Idee, von der ich nur annehmen kann, daß es ihre Art von Witzereißen ist: sie taten so, als würden sie ein weiteres Kind erwarten. Ich bin froh, sagen zu können, daß ich seither nichts weiter von diesem Blödsinn gehört habe. Es ist kein Neues Baby auf dem Weg.

Stimme aus dem Mutterleib:
Und ob, mein Sonnenscheinchen.
Es gibt mich tatsächlich. O ja, und wie.
Es ist hier drinnen ziemlich seltsam und dunkel. Auch irgendwie schleimig … Aber ignorieren lasse ich mich trotzdem nicht, denn ich bin nicht zu übersehen.

Na gut, ich mag ja nur 2,2 Zentimeter lang sein. Und vielleicht noch mehr Ähnlichkeit mit einer Kaulquappe als mit einem Baby haben, aber es gibt mich unumstritten, und ich beobachte alles, was da draußen vor sich geht, scharf wie ein Luchs.
Ich entwickle mich mit atemberaubender Geschwindigkeit. Erst vor wenigen Tagen bekam ich – Nasenlöcher! Wow! Echt super! Ich kann zwar noch nichts reinstecken, aber eines Tages werde ich es schaffen. Das ist etwas, worauf ich mich freuen kann.
Also denkt daran – ich bin ein Embryo mit Haltung. Und das hier ist ein Bauch mit Aussicht.

2. Tag

Die haben vielleicht Nerven! Ich habe gedacht, daß mein gestriges Verhalten an meiner Einstellung zu diesem Thema absolut keine Zweifel gelassen hätte,

und trotzdem schleppt man mich heute nachmittag zu Klein-Einsteins Geburtstagsfeier! (Nicht nur, daß er in allem weiter ist als ich, nein, er ist auch noch einen Tag jünger.)
Immerhin lag Munition griffbereit, und ich sorgte dafür, daß Klein-Einstein eine weitere Party heulend und mit sahne- und wackelpuddingverschmierten Augen beendete.
Mein Papa kam früher von der Arbeit, um mich abzuholen. Als ich wegging, wurde mir ein Süßigkeitenbeutel überreicht, und er sagte scherzend zu meiner Gastgeberin: »Vielleicht sollte ich einen zweiten mitnehmen für das Neue Baby, falls es schon angekommen ist ...?«
Wenn es ihnen Spaß macht, weiter von dem Neuen Baby zu reden, bitte. Mir doch egal. Dadurch ergatterte ich zwei Süßigkeitenbeutel.

4. Tag

Samstag. Hatte heute eine kleine Auseinandersetzung mit meiner Mama. Es ging um eine Frage der Logik, was noch nie ihre Stärke war.
Und es ging um meine Gummistiefel. Sie wollte, daß ich zuerst die Strümpfe und dann die Gummistiefel anziehe. Ich hingegen wollte erst meine Gummistiefel

anziehen und dann sehen, ob sie die Strümpfe drüberkriegen würde.

Wir stritten eine Stunde oder so deswegen herum. Ich genoß es – mir gefällt der Schlagabtausch einer hitzigen Debatte –, aber sie schien nicht soviel Freude daran zu haben. Sie brachte lauter Argumente vor, wie, daß meine Strümpfe naß werden würden oder daß meine Füße in den Gummistiefeln wundscheuern würden. Doch wie immer erkannte sie den wichtigen Punkt nicht – daß das, was ich vorschlug, weitaus mehr SPASS machen würde.
Schließlich war sie am Rande der Verzweiflung und sagte: »Ich weiß, was mit dir los ist. Du befindest dich in der Trotzphase.«
Diesen Ausdruck habe ich noch nie gehört. Doch wenn sie glaubt, ich befinde mich in der Trotzphase, dann will ich dafür auch den Beweis liefern. Ich darf sie schließlich nicht enttäuschen, oder?

10. Tag

Mein Leben hat sich in einen gewissen Trott eingefunden. Sie geht immer noch zur Arbeit. Ich versuche ihr seit Ewigkeiten verständlich zu machen, daß sie das nicht tun sollte, daß sie ihre Pflichten mir gegenüber vernachlässigt und innerlich weitaus erfüllter wäre bei dem, was sie eigentlich tun sollte – zu Hause bleiben, mir jeden Wunsch von den Lippen ablesen und jeden meiner Fortschritte mit erstauntem Entzücken quittieren. Aber hört sie auf mich? Von wegen!

Die Folge ist, daß sich unter der Woche diese Haushaltshilfe um mich kümmert. Ich nenne sie Dampfwalze. Sie ist eine junge, weder mit Schönheit noch mit hoher Intelligenz gesegnete Frau. Ja, sie wäre wirklich ein armes Würstchen, wenn ihr nicht et-

was zuteil würde, um das man sie in der gesamten Welt beneidet. Sie hat die hohe Ehre, sich um mich kümmern zu dürfen.

12. Tag

Ich habe jetzt mein eigenes privates Trainingsbecken – todschick. Ja, ich bin umgeben von diesem ganzen Fruchtwasser, und ich schwimme darin hin und her … und her und hin …
Sehr luxuriös.
Hin und her … und her und hin.
Es ist allerdings nicht besonders interessant. Ich mag ja einen starken Blickpunkt haben, aber ich habe nicht gerade einen tollen Blick. Ich meine, meine Augen sind jetzt zwar ausgeformt, aber es läßt sich nur schwer beurteilen, ob sie funktionieren oder nicht, wenn man nur im Dunklen herumschwimmt.
Doch vielleicht kann ich mit ein paar ausgefeilteren Bewegungen ein bißchen Leben in die Bude bringen. Meine höchstpersönliche Synchronschwimmnummer, das wäre gut. Vielleicht eine Art Rückwärtssalto oder –
Hey! Mir ist gerade etwas aufgefallen. Ich dachte, ich schwebe hier frei herum, aber das tu ich gar nicht. Ich hänge in Wirklichkeit an so einer Art Strick. Hmm, das wird meinen Stil bei der Fruchtwasseraerobic aber nicht wenig beeinträchtigen.

Nun ja, was soll's ... Kann ja nichts dagegen tun. Dann wollen wir mal wieder. Hin und her ... und her und hin ...

16. Tag

Hin und her ... und her und hin ...
Das ist wirklich langweilig.
Hin und her ... und her und hin ...
Vielleicht würde mich jemand hören und herauslassen, wenn ich gegen die Seite trete ...?
Eins – zwei – drei. Und Riesentritt!
Nichts. Rein gar nichts. Ich glaube, keiner hat mich gehört oder es gespürt. Ich bin eben noch zu klein. Ich bin zwar gewachsen, aber erst 6,5 Zentimeter lang. Das ist nicht sehr groß, oder? Ich meine, ein Angler würde

mich auf jeden Fall direkt wieder ins Wasser zurückwerfen.
Hin und her ... und her und hin ...

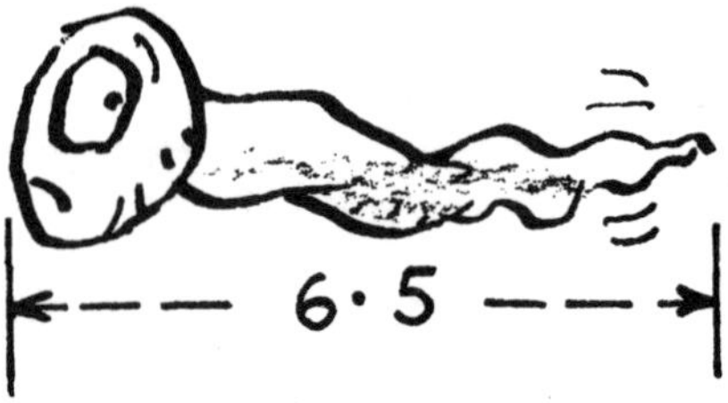

21. Tag

Heute war wieder mal ein Kind zum Spielen da. Nicht daß Sie denken, es habe sich hier um ein großes gesellschaftliches Ereignis gehandelt. Das ist lediglich ein System, das die Dampfwalze und die andere Haushaltshilfe ausgetüftelt haben, damit sie abwechselnd die Gelegenheit haben, allein einkaufen zu gehen.
Ich hasse das andere Kind, und das Gefühl scheint auf Gegenseitigkeit zu beruhen. Ich nenne es Heulsuse, weil ich es immer zum Weinen bringen kann.
Ich mag ja altmodisch sein, aber ich finde, es geht doch nichts über einen gezielten Stoß mit dem Finger ins Auge. Wirkt bei der Heulsuse jedesmal.

24. Tag

Bei Eltern gibt es eine Grundregel: sie lieben es, sich selbst Ruten aufzubinden. Ruten zur Selbstkasteiung üben auf Eltern dieselbe Anziehung aus wie eine senkrechte Felswand auf den gemeinen Lemming.

Nehmen wir zum Beispiel das Essen. Ich bin beim Essen jetzt extrem wählerisch. Und das ist einzig und allein ihr Fehler. Ein weiteres perfektes Beispiel für das Rute-zur-Selbstkasteiung-Syndrom.

Es liegt an der Auswahl des Essens, das man mir gibt. Wenn Babys erstmal mit fester Nahrung begonnen haben, essen sie so gut wie alles, solange es nicht in ihren winzigen Mäulern für Korrosionen sorgt. Und doch ist das Zeug, das man uns vorsetzt – zumindest in diesem Land –, so fade, als wäre es von einem Berater der Sozialdemokratischen Partei hergestellt worden. Der überwiegende Teil meiner Nahrung im letzten Jahr kam aus diesen kleinen Gläschen, die alle nach Komödiantenpaaren – à la Dick und Doof – klingen: Rind und Erbsen, Hühnchen und Tomate, Leber und Spinat usw. Und wie ich schon in einem früheren **oeuvre** anmerkte*, schmecken sie alle haargenau gleich – wie aufgeweichte Pappe.

Das Blöde ist, daß eine aufgeweichte-Pappe-reiche Ernährung die Geschmacksnerven abstumpft. Sie wer-

* **Wie ich meinen Eltern den letzten Nerv raubte** – Was soll das heißen, »habe ich noch nicht gelesen«?

den nachlässig und faul und verkraften es einfach nicht mehr, plötzlich etwas zu essen, was nach etwas SCHMECKT.

Als sie also, gehorsam den Anweisungen eines ihrer Kinderpflegebücher folgend, versuchte, meinen geschwächten Geschmacksnerven etwas Exotischeres vorzusetzen, wurde dies rundweg abgelehnt.

Ich bin mir nicht sicher, was es war. Irgendwas, was sie gegessen hatten, etwas leicht Gewürztes, für das ich wahrscheinlich eine Leidenschaft entwickeln werde, wenn ich einmal studiere und zum ersten Mal nicht mehr zu Hause wohne.

Doch es war völlig undenkbar, daß meine kindlichen, durch ständige Ernährung mit aufgeweichter Pappe entkräfteten Geschmacksnerven mit der fremdartigen

Empfindung fertigwürden, etwas zu essen, das tatsächlich nach etwas schmeckt.
Ich drückte meinen Mißmut wie gewöhnlich dadurch aus, daß ich den Teller von meinem Hochstuhl hinunterschleuderte. Durch einen glücklichen Zufall, der nur dem hold ist, der gerade eine Glückssträhne hat, sah ich, wie der Teller sauber umgedreht auf dem Kopf der Katze landete.
Sorry, Mama. Ich fürchte, deiner Hoffnung, den Kinderpflegebüchern folgend »langsam neue Geschmacksrichtungen in die Nahrung des Kleinen einzuführen, bis es dasselbe ißt wie der Rest der Familie«, ist ein Scheitern beschieden. Nein, du wirst mich noch lange Jahre lang extra bekochen müssen. Oh, dieses köstliche Gefühl der Macht!

25. Tag

Habe entschieden, wie meine zukünftige Ernährung aussehen wird. All dies ungesunde Zeug aus der Tiefkühltruhe: Fischstäbchen, Hamburger, Pommes Frites und so weiter. Nichts, was auch nur entfernt wie frisches Gemüse aussieht. Igitt, bloß nicht.
Es ist gar nicht so, daß ich bestimmte Sachen mehr mag als andere. Aber dies ist ein Machtkampf, und ich muß die Bedingungen dieser Auseinandersetzung klipp und klar festlegen.

Außerdem brauche ich etwas zum Kontern ihrer selbstgefälligen Sätze, die ich sie gegenüber ihren pädagogisch korrekten Freundinnen habe äußern hören und die immer nach folgendem Muster verlaufen:
»**Meine** Kinder werden das und das nie tun ...«
»**Meine** Kinder werden keine Pommes frites essen ...«
»**Meine** Kinder werden zwischen den Mahlzeiten keine Süßigkeiten essen ...«
Oh, wie ich es liebe, in den Ballon ihrer Selbstgefälligkeit ein Loch zu stechen. Ihr Ansehen wird gewaltig darunter leiden, wenn ihr eigenes Kind nur noch Junk Food ißt.
Ich weiß allerdings nicht, worüber sie sich beschwert. Außer einer kurzen Phase, in der ich nur Kartoffelchips und Mandarinen aß, habe ich mich an der Eßfimmelfront bisher sehr zurückgehalten. Meine Mama weiß gar nicht, wie gut sie es hat.

26. Tag

Hmm, schade, daß ich sie an der alten »**Meine** Kinder werden nie rauchen«-Front nicht lächerlich machen konnte, aber leider haben sie keine Zigaretten im Haus, und meine winzigen Finger wären ja sowieso nicht mit einem Feuerzeug zurechtgekommen.
Doch meine Zeit wird kommen.

29. Tag

Hin und her … und her und hin …
Langsam wird mir wirklich stinklangweilig.
Vielleicht sollte ich mal was anderes versuchen …?
Her und hin … und hin und her …

31. Tag

Die Dampfwalze hat heute etwas Unverzeihliches getan. Sie hat Glupschi weggeworfen!
Ich sollte das vielleicht erklären: Glupschi ist ein

Knuddelfrosch. Nein, das stimmt nicht ganz. Glupschi **war** ein Knuddelfrosch.
Eine ihrer besten Freundinnen hat ihn mir geschenkt ... ich glaube, an vorletztem Weihnachten. Damals nahm ich überhaupt keine Notiz von ihm. Es war mein erstes Weihnachtsfest, und ich tat so, als interessierte ich mich mehr für das Geschenkpapier als für die Geschenke – naja, es schien sie sehr zu amüsieren.
Doch einige Monate später grub meine Mama in verzweifelter Suche nach etwas, das meine Aufmerksamkeit mehr als dreißig Sekunden halten könnte, tief im Spielzeugschrank und tauchte mit Glupschi wieder auf.
Ich brüllte pro forma noch ein bißchen herum, um zu zeigen, daß man mich nicht so leicht besänftigen konnte, aber dann gefiel es mir richtig, mit dem Knuddelfrosch zu spielen.
In den nächsten Monaten tat ich so, als sei Glupschi mir ans Herz gewachsen. Ich trug ihn die ganze Zeit mit mir herum und machte ein großes Theater, wenn sie mich ohne ihn ins Bett stecken wollten. Im Grunde lag mir gar nichts an ihm – es ist einigermaßen schwierig, zu einem ausgestopften Stück Stoff eine tiefe Beziehung aufzubauen –, doch als mir klar wurde, daß ich mit Hilfe von Glupschi meine Eltern auf vielerlei Art auf die Palme bringen konnte, hielt ich die Show aufrecht.
Glupschi übernahm im Grunde die Rolle meines imaginären Freundes. Imaginäre Freunde sind ja nichts

Schlechtes, aber man redet sich wegen ihnen den Mund fusselig. Immer darauf hinzuweisen: »Du kannst da nicht sitzen. Das ist der Stuhl von ...« ist ziemlich anstrengend, aber bei Glupschi mußte ich nie was sagen. Wenn Glupschi auf einem Stuhl saß, war es offensichtlich, daß es sich um Glupschis Stuhl handelte. Mir wurde also die ständige Rederei erspart, und nur ab und zu, wenn sich jemand auf Glupschi setzte oder ihn wegnehmen wollte, brüllte ich mir die Lunge aus dem Leib.

Glupschi durfte zwar von keinem anderen angefaßt werden, aber ich unterzog ihn allen erdenklichen Demütigungen. Ich zerrte ihn stets und überall an einem Stück Schnur hinter mir her. Ich lutschte und kaute an ihm rum.

Ich pinkelte auf ihn, ich kackte auf ihn, ich kotzte auf

ihn. Ich verrieb Essen, Sand und Schlamm auf ihm. Ich spülte ihn das Klo runter. (Er blieb stecken, und sie mußten den Klempner rufen. Darüber waren sie ganz besonders erfreut.) Ich warf ihn aus meinem Kinderwagen in jede Pfütze, an der wir vorbeikamen. Und wenn sich die Gelegenheit ergab, schmiß ich ihn in den Freßnapf der Katze.

Nun sind Knuddelfrösche im großen und ganzen nicht auf Widerstandsfähigkeit angelegt, und so, wie ich Glupschi behandelte, war er bald in einem schrecklichen Zustand. Verschlimmert wurde das Ganze noch dadurch, daß er einen Großteil seines Lebens in der Waschmaschine und den Rest der Zeit in meinem Mund verbrachte. Meine Mama befand sich in ständiger nervöser Sorge wegen der BAKTERIEN.

»O nein!« kreischte sie dann. »Nicht in den Mund stecken! Du weißt doch nicht, wo er überall war!«

Das war absoluter Blödsinn. Ich wußte genau, wo er überall gewesen war. Schließlich hatte ich ihn dort hingelegt.

Nun, ein täglicher Vollwaschgang in einer Waschmaschine über acht Monate ist einem Knuddelfrosch nicht unbedingt zuträglich.

Glupschi verlor allmählich seine Füllung, und durch mein monatelanges Kauen und Herumlutschen sackte er langsam zusammen wie eine durchlöcherte Luftmatratze. Wenn man ihn jetzt flach auf den Fußboden legt, sieht er aus, als wäre er unter eine Dampfwalze geraten.

Doch hat dieser körperliche Niedergang meine Be-

zeigungen offensichtlicher Zuneigung zu diesem schmuddeligen kleinen Stoffetzen gemindert? Nein, im Gegenteil, ich bin Glupschi mehr zugetan als je zuvor.
Als ich heute also mit der Dampfwalze einkaufen ging, achtete ich darauf, daß Glupschi die ganze Zeit über an meine Brust gepreßt war.
Das Unglück ereignete sich auf dem Rückweg. Ich war aus meinem Buggy ausgestiegen und lief das letzte Stück nach Hause (das tue ich jetzt manchmal, wenn mir danach ist). Und auf dem Bürgersteig, ganz nah bei unserem Haus, war dieser riesige Hundehaufen.
Nun, ich tat das Nächstliegende.

Ich ließ Glupschi mittenrein fallen und stellte meinen Fuß drauf, um ihn gut reinzudrücken.
Das Ergebnis war, daß nicht nur Glupschi, sondern auch mein Schuh mit diesem Zeug bedeckt war.
Als die Dampfwalze dann angerannt kam, um mich wegzuzerren, verlor ich das Gleichgewicht und stolperte seitlich weg, so daß ich plötzlich mitten in dem Haufen saß. Überall an meiner Latzhose war Hundedreck.
Und nachdem die Dampfwalze mich gesäubert und umgezogen hatte, tat sie das Unverzeihliche.

Sie nahm Glupschi mit einer Zange auf, sagte: »Also, von dem kriegen wir die BAKTERIEN nie wieder runter. Sag tschüs zu Glupschi. Ich werde ihn leider direkt in den Abfalleimer befördern müssen« und ließ den Worten die Tat folgen.
Schlimmer noch, heute ist Müllabfuhr.
Ich heulte den Rest des Nachmittags.
So nah ging es mir eigentlich nicht, aber ich weiß, wann ich eine Situation ausnutzen kann, um ein möglichst großes Theater zu veranstalten.
Als sie von der Arbeit nach Hause kam, erzählte die Dampfwalze ihr, was passiert war. Das muß man ihr lassen, meine Mama sagte: »Oh, das hätten Sie vielleicht lieber nicht tun sollen. Baby hängt doch sehr an Glupschi.«
Ich ließ mich nicht trösten. Heulte den ganzen Abend.
Ich heulte auch die ganze Nacht durch.
Und ein Wort war immer wieder zwischen meinen mitleiderregenden Schreien hörbar: »Glupschi! Glupschi! Glupschi!«
Es war zum Steinerweichen.

Sechsundzwanzigster Monat

3. Tag

Ich sorgte dafür, daß sie letzte Nacht kein Auge zumachten.

Und ich sorgte dafür, daß die Dampfwalze am Tag keinen Frieden hatte. Ihr mußte klargemacht werden, welches enormen Verbrechens sie sich schuldig gemacht hatte, indem sie Glupschi wegwarf.
Ich kann in aller Bescheidenheit sagen, daß meine Anstrengungen von Erfolg gekrönt waren. Die Dampfwalze ist sowieso nicht für ihre Einfühlsamkeit bekannt, aber heute gab ich ihr das Gefühl, auf der Evolutions-

skala noch hinter Würmern, Nacktschnecken, Gebrauchtwagenhändlern und Politikern zu kommen.
Und als meine Mama dann von der Arbeit kam, sorgte ich dafür, daß auch sie sich grauenhaft fühlte.
Sie zeigte wenigstens, daß sie ein schlechtes Gewissen hatte, und brachte mir ein Geschenk mit. Es war ein funkelnagelneuer Knuddelfrosch, mit leuchtenden Farben und absolut identisch mit Glupschi – bevor ich begann, ihn zu bearbeiten.
Mein erster Gedanke war: Ooh, das finde ich aber wirklich nett. Der hier ist viel besser als der stinkende Stoffetzen, den ich monatelang mit mir rumgeschleppt habe. Ich wollte den Arm schon ausstrecken, doch gerade noch rechtzeitig siegte die Vernunft.
Nein, der neue Knuddelfrosch war nicht mein Glupschi! Ich haßte ihn! Wie konnte sie mich mit irgend so einem alten Glupschi abzuspeisen hoffen! Sie durfte mich nicht an ihren eigenen Maßstäben messen. Ich war nicht so wankelmütig wie sie. Ich wollte **meinen** Glupschi!

4. Tag

Gegen vier Uhr morgens, als ich immer noch brüllte, hörte ich sie im Schlafzimmer reden. Reden? Es klang eher nach Streiten. Sie versuchte ihn zu etwas zu überreden, und er sagte, daß er zu müde sei und keine Lust habe.

Das war hochinteressant. Gewöhnlich verlaufen diese Unterhaltungen umgekehrt.

Schließlich konnte man hören, wie er wütend aus dem Bett stieg und sich anzog. Dann stapfte er die Treppe hinunter und aus der Haustür, die er mit dem Aufschrei hinter sich zuschlug: »Verdammter Glupschi! Ich bin ein erwachsener Mann. Warum sollte ich auf die Jagd nach einem idiotischen Frosch gehen?!«

Da es so schien, als würde endlich was getan in Sachen Glupschi, ließ ich mich in seligen Schlaf fallen ...

... und wachte erst um zehn Uhr wieder auf ...

... und zu meinem Erstaunen war sie noch zu Hause. Sie hatte bei der Arbeit angerufen und gesagt, daß sie nicht käme, und sie hatte der Dampfwalze einen Tag frei gegeben. »Ich dachte, ich warte, bis Papa zurückkommt«, sagte sie.

Ich war verwirrt, wollte mich jedoch keineswegs beklagen. Sie würde sich den ganzen Tag lang um mich kümmern – etwas, was sie schon die ganze Zeit hätte tun sollen, statt vergebliche Versuche zu unternehmen, wieder in ihren Beruf einzusteigen.

Ich sorgte dafür, daß sie den ganzen Tag nicht zur Ruhe kam. Sie sah schrecklich müde aus und hatte mit all dem Gewicht, das sie herumträgt, Schwierigkeiten, sich runterzubeugen und auf dem Fußboden zu kriechen.

Da ist sie selbst schuld. Sie sollte eine Diät machen.

Um vier Uhr nachmittags kam er schließlich zurück. Und es hatte sich gelohnt, auf diesen Auftritt zu warten.

Er war unbeschreiblich verdreckt, geschmückt mit Papierfetzen und Müllresten und stank wie eine ganze Müllkippe.

Und in der Hand hielt er ... Glupschi.

Verdreckt, stinkig, eklig und immer noch hundedreckverklebt, aber ganz unzweifelhaft der wahre Glupschi.

»Da, schau mal«, sagte sie. »Dein Papa hat die gesamte

städtische Müllhalde nach deinem Glupschi abgesucht! Was für ein lieber, netter, freundlicher Papa dein Papa doch ist!«
Sein Gesichtsausdruck ließ jedoch auf etwas anderes schließen.
Er verzog sich schimpfend, um ein Bad zu nehmen, während Glupschi direkt in die Waschmaschine wanderte. Nachdem er einen Vollwaschgang und eine Stunde im Trockner hinter sich hatte, kamen beide Eltern ins Wohnzimmer, wo ich Fernsehen schaute, und hielten mir die farblose Froschgestalt entgegen.
»Da«, sagte sie. »Wir haben dir Glupschi wieder zurückgebracht, nicht wahr? Was sagst du dazu?«
Was sollte ich schon sagen? Ich ignorierte Glupschi den ganzen Abend.

5. Tag

Habe Glupschi heute kein einziges Mal erwähnt.

6. Tag

Heute auch nicht. Ging ohne ihn ins Bett, ohne irgendein Theater zu machen.

7. Tag

Auch heute Glupschi mit keinem Wort erwähnt. Hörte sie zu ihm sagen: »Also weißt du, ich glaube, die Sache mit dem verlorenen Glupschi könnte Baby von der Abhängigkeit geheilt haben. Baby wird größer. Es braucht keine Schmusedecke mehr.«
Ach nein?

8. Tag

Heute wollten wir ihre Eltern besuchen. Das führt gewöhnlich zu Problemen zwischen ihr und ihm. Ihre Eltern sind Pünktlichkeitsfanatiker, und mein Papa sieht die Dinge eher locker. Sie gerät jedesmal in Panik, daß wir uns verspäten könnten.

Und sie geraten beide jedesmal in Panik darüber, wie ich mich wohl verhalten werde. Bei meinen Großeltern bin ich nicht mehr ein gewöhnliches Kind, sondern werde zum Anschauungsmaterial in einem langjährigen Streit zwischen meiner Mama und ihrer Mama über verschiedene Methoden der Kindererziehung. Im Moment geht die Schlacht um die Erziehung zur Sauberkeit.

Ihre Mama, die zur härtesten Schule der Erziehung zur Sauberkeit gehört, findet, daß ich schon viel früher aus den Windeln gehört hätte. Meine Mama, die mich jetzt tagsüber in Windelslips steckt, die ich mehr oder weniger gut trocken halte, sieht in diesem Fortschritt die Rechtfertigung für ihre eher gelassene Einstellung. Doch die Spannungen zu diesem Thema bleiben.

Heute schienen die Reisevorbereitungen aber gut zu verlaufen. Meine Eltern packten alles ein, was sie brauchten. (Na ja, eigentlich war das meiste davon Zeug, das **ich** brauchte. Der Transport meiner gesamten Ausrüstung durch die Lande läßt die Logistik des Golfkriegs geradezu wie ein Picknick aussehen.) Sie hatten mir die vielen Schichten Kleidung angezogen,

die ich bei dem kalten Wetter brauche. Sie waren mit meinem plötzlichen Wunsch, direkt vor der Abfahrt nochmal Aa zu machen, fertiggeworden. Sie verloren nicht mal die Beherrschung, als es sich als falscher Alarm herausstellte und es nur ein Pipi war.
Und es gelang ihnen, trotzdem mit viel Luft zu meinen Großeltern abzufahren, so daß wir auf jeden Fall pünktlich ankommen würden.
Ich wartete, bis wir ungefähr zwanzig Minuten gefahren waren. Dann schrie ich plötzlich los: »Will Glupschi! Will Glupschi!«

»Hör auf mit deinem verdammten Glupschi!« sagte mein Papa, bei dem sich eine gewisse Anspannung bemerkbar machte.
»Will Glupschi! Will Glupschi!«
Sie hielten nur fünf Minuten durch. Genau wie ich mir gedacht hatte, begann meine Mama, die verschiedenen Alternativen gegeneinander abzuwägen. Wäre es besser, pünktlich zu erscheinen und zu ertragen, daß

ich mich den ganzen Tag von meiner schlimmsten Seite zeigte, weil Glupschi nicht bei mir war? Oder sollten sie nachgeben, mich besänftigen, indem wir zurückfuhren und Glupschi holten, und das mißbilligende Naserümpfen ob unserer verspäteten Ankunft in Kauf nehmen?
Wir kehrten um und holten Glupschi.
Ich tat so, als sei ich erfreut, ihn wiederzuhaben, und war für den Rest der Fahrt zu meinen Großeltern ruhig.
Als wir schließlich ankamen, rümpfte ihre Mutter mißbilligend die Nase, und meine Mama entschuldigte sich.
Ich fand, ich sollte ihnen mal wieder vor Augen halten, wer hier das Sagen hatte. Und so machte ich eine dicke Wurst in meinen Windelslip.
Das löste den üblichen Kindererziehungsstreit aus, der den ganzen Tag über fröhlich weiterschwelte.
Und so zeigte ich mich, um der Atmosphäre noch mehr Würze zu verleihen, tatsächlich den ganzen Tag von meiner schlimmsten Seite.

9. Tag

Habe hier drinnen unendlich viel Zeit zum Nachdenken. Frage mich oft, wer das alte Wohnmobil eigentlich ist, das mich herumträgt …

Wäre mir gar nicht unrecht, in die Königliche Familie hineingeboren zu werden ...
Auf jeden Fall will ich, daß meine Eltern wohlhabend sind. Mit einem goldenen Löffel im Mund geboren zu werden, gibt einem ja ungeheure Vorteile gegenüber dem restlichen Pöbel da draußen.

14. Tag

Heute hat es geschneit. Ich habe das Zeug schon mal gesehen, aber letztes Jahr war ich noch nicht weit genug entwickelt, um das Beste daraus zu machen. Dieses Jahr könnte es, glaube ich, richtig spaßig werden!

Die Heulsuse kam wieder vorbei. Ich stieß sie um und rieb ihr Gesicht mit Schnee ein. Und **voilà**, natürlich fing sie wieder an zu flennen.
Es ließe sich wirklich nur schwer ein Spitzname finden, der passender wäre.

15. Tag

Da es Wochenende war, hatten sie keine Entschuldigung, nicht mit mir in den Schnee hinauszugehen. Na ja, ich sage »sie«, aber in Wirklichkeit blieb es an ihm hängen. Sie zieht immer noch diese doofe Nummer mit morgendlicher Übelkeit ab.
Daher sagte sie also, daß er nun **wirklich** mal mit mir in den Schnee gehen könnte. Ich hatte zu Weihnachten einen kleinen Schlitten geschenkt bekommen, und er könne mich nun **wirklich** darauf hinausnehmen. »Schnee ist etwas Magisches, wenn man klein ist«, sagte sie einschmeichelnd.
Sein Gesichtsausdruck ließ erkennen, daß »magisch« nicht das Wort war, mit dem er Schnee beschrieben hätte. Ich glaube, es wäre auch nicht das Wort gewesen, mit dem er mich beschrieben hätte. Mit düsterer Gewittermiene begann er, mich für die arktischen Bedingungen draußen anzuziehen.
Nun ist Anziehen sowieso schon eine der besten Möglichkeiten für abgrundtief fürchterliches Verhal-

ten, aber das läßt sich noch weiter steigern, wenn Schnee liegt. Denn bei Schnee braucht man enorm viele Schichten von Kleidung.
Und jede Schicht bietet eine neue Gelegenheit für Wir-treiben-unsere-Eltern-auf-die-Palme. Wie er heute morgen herausfand.
In letzter Zeit habe ich meine Technik im Verrücktmachen von Eltern, wenn man angezogen wird, verfeinert. Vor sechs Monaten konnte ich bloß schreien und verschiedenste vorhersagbare körperliche Techniken einsetzen. Dazu gehörte:

1. In die »Seesternposition« gehen (eingehend beschrieben in **Wie ich meinen Eltern den letzten Nerv raubte***).
2. Dafür sorgen, daß bei jedem Kleidungsstück die Arme in den Halsausschnitt oder die Beinausschnitte und die Beine in die Armausschnitte oder den Halsausschnitt geraten. Der Kopf wird überall dahin gesteckt, wo er am meisten Ärger anrichtet.
3. Arme und Beine plötzlich schlaff werden lassen wie gekochte Spaghetti, so daß sie überhaupt nicht in Armausschnitte, Beinausschnitte usw. gesteckt werden können.
4. Alle Gliedmaßen sofort wieder aus Armausschnitten, Beinausschnitten usw. ziehen, in die sie gerade versehentlich gesteckt wurden.

* Was soll das heißen – Sie haben es immer noch nicht gelesen?!

Das funktionierte immer, war aber ziemlich primitiv verglichen mit dem, was ich jetzt kann. Der Unterschied ist, daß ich jetzt sprechen kann.
Lassen Sie mich für diejenigen, die die Perlen der Weisheit aus meinem vorherigen Buch vergessen haben (und die sich hoffentlich dafür in Grund und Boden schämen), rekapitulieren. Die wertvollsten Sätze im Umgang mit Eltern sind die folgenden: »Will helfen!« und »Ich machen!«
Diese einfachen Worte können sie vollkommen fertigmachen. Sie haben mehr als zwei Jahre ihres Lebens damit zugebracht, mich dazu zu bringen, Dinge selbst zu erledigen. »Komm schon, du kannst dir den Pullover selbst anziehen, nicht wahr?« »Komm schon, das kannst du doch selbst aufheben, oder?« »Komm schon, du könntest Mama/Papa dabei helfen, oder nicht?«
Wenn du ihnen also endlich gibst, worum sie die ganze

Zeit gebeten haben, brauchst du dein Verhalten überhaupt nicht zu ändern. Du kannst genauso aufsässig, dickköpfig und nervig sein wie bisher. Nur mußt du jetzt bei allem, was du tust, ein ernsthaftes Gesicht aufsetzen und immer wieder sagen: »Will helfen!« und »Ich machen!«

Deine Eltern werden lange Zeit überzeugt sein, daß du ihnen wirklich helfen willst. Sie haben sämtliche Bücher über Kindererziehung gelesen und wissen daher,

daß deine motorischen Fertigkeiten noch ein wenig brauchen, bis sie voll entwickelt sind; sie wissen, daß man dir Gelegenheit geben muß, auch mal etwas falsch zu machen; sie wissen, daß sie geduldig zusehen müssen, wie du selbst herausfindest, wie die Dinge funktionieren.

Und es treibt sie in den Wahnsinn! Hi-hii!

Heute morgen führte ich meine neuen Techniken wohl zum ersten Mal zur Perfektion aus, und mei-

ne Anstrengungen machten aus ihm ein zusammenhanglos stammelndes, nervöses Wrack (will sagen, noch schlimmer als sonst schon).
Lassen Sie mich mit einer Aufzählung der Kleidungsstücke beginnen, in die er mich stecken mußte, bevor ich in den Schnee hinausgenommen werden konnte: Windelslip und Unterhemd, T-Shirt, zwei Pullover, Wollstrumpfhose, Latzhose, wasserdichter Schneeanzug, Wollmütze, Handschuhe, zwei Paar Strümpfe ... und Gummistiefel.
Ich sorgte dafür, daß es bei jedem Kleidungsstück kräftigen Widerstand gab. Es wurde ihm bei keinem einzigen leichtgemacht. Und die ganze Zeit war ich

überaus hilfsbereit. »Will helfen!« sagte ich ständig. »Ich machen!« Ich spürte, wie er innerlich langsam kochte, wie seine Wut sich mit jedem ungeschickten

Versuch, den ich machte, weiter dem Siedepunkt näherte.
Aber er wußte, daß er nichts machen konnte. Ich gab mein Bestes. Ich versuchte, es selbst zu machen. Für mich gehörte das alles zum Lernprozeß.
Und wenn er das getan hätte, wovon ich wußte, daß er es liebend gern getan hätte – wenn er mich gepackt und in eines der Kleidungsstücke gezwängt und dabei verzweifelt geschrien hätte: »Ach, um Himmels willen! Laß mich das machen, du kleiner Quälgeist!« ... Nun, dann hätte er mich in meiner Entwicklung um Monate und Monate zurückgeworfen, nicht wahr?
Irgendwie gelang es ihm, sich zu beherrschen, Kleidungsstück um quälendes Kleidungsstück, und schließlich hatte er mich in alles gestopft. Als er damit

fertig war, sah ich aus wie ein wohlisolierter Heißwassertank mit Wollmütze obendrauf.

Und dann kamen die Gummistiefel.

Ach ja, Gummistiefel ... Es ließe sich ein dickes Buch schreiben über Gummistiefel und die Möglichkeiten, die sie kleinen Quälgeistern bieten, um ihre Eltern in den Wahnsinn zu treiben.

Der gemeine Gummistiefel ist von einfacher Schönheit im Design. Es ist diese Mischung aus Steifheit und Biegsamkeit zwischen Bein und Fuß, die Tatsache, daß es unmöglich ist, einen bestrumpften Kinderfuß direkt hineingleiten zu lassen.

Einem unbeweglichen Fuß winzige Gummistiefel anzuziehen, ist schwierig genug, aber wenn man einen kleinen Quälgeist hat, der seine Zehen anspannt und wieder löst, sie abwechselnd krümmt und streckt und dabei die ganze Zeit hilfsbereit murmelt: »Will helfen! Ich machen!«, wird die Aufgabe nahezu unlösbar.

Das ist wundervoll. Dieses Spielchen hat unendlich viele Variationen. Man fängt an, indem man den Gummistiefel an den falschen Fuß anzieht. Wenn das rückgängig gemacht wurde, versucht man sofort, ihn verkehrt herum anzuziehen. Zeigt der richtige Fuß dann in der richtigen Richtung in den richtigen Stiefel, stößt man ihn mit aller Macht hinein, so daß er auf halbem Weg steckenbleibt.

Dann versucht man, in den Gummistiefeln, die wie die Flossen eines Seehunds seitlich schlackern, herumzulaufen. (Es ist ziemlich leicht – und eine gute Idee –, an diesem Punkt umzukippen und sich den Kopf anzuschlagen. Ein ausgiebiger Schreianfall heizt den unterdrückten elterlichen Zorn nur noch weiter an.)

Ich habe heute morgen die gesamte Nummer durchgezogen. Und ich schwöre, er brauchte genausolang, um mir die Gummistiefel anzuziehen, wie für die übrige Kleidung.
Doch endlich hatte er es geschafft. Ich war angezogen. Ich stand wie ein winziges Michelinmännchen im Flur.
Ich wartete, bis er den Schlitten genommen hatte und auf die Haustür zuging, ehe ich meine nächste, sorgfältig geplante Bombe platzen ließ.
»Muß Pipi«, sagte ich. »Pipi machen.«
Er sagte es zwar nicht richtig laut, aber im Laufe der letzten zwei Jahre habe ich ziemlich gut gelernt, vom Mund abzulesen. Ich würde Ihnen ja sagen, was er von sich gab, wenn dieses Buch nicht für die ganze Familie gedacht wäre ...

Mich wieder auszuziehen, dauerte fast so lange wie das Anziehen. Doch er hatte keine andere Wahl. Ich zeigte mich ja schließlich brav und verantwortungsbewußt. Denn das Wichtige bei Windelslips ist, daß man sagt, wenn man Pipi oder Aa muß, und genau daran hatte ich mich gehalten. Es ist dann Aufgabe des die Aufsicht führenden Elternteils, dafür zu sorgen, daß die Kleider rechtzeitig abgelegt werden.
Nachdem ich Pipi gemacht hatte, steckte er mich, da er dasselbe nicht noch einmal mitmachen wollte, in eine Windel. Das gefiel mir gar nicht. Ich war erwachsen. Ich kam gut mit Trainers zurecht. »Keine Windel, keine Windel«, beschwerte ich mich lauthals.
Doch meine Appelle stießen auf taube Ohren. Inzwischen war ein merkwürdiger, halbirrer Blick in seine

Augen getreten. Als er mich umständlich wieder anzog, Schicht um mühsame Schicht, atmete er immer schwerer, bis sein Atem in einem nur unzulänglich getarnten Knurren kam.
Ich machte es ihm keineswegs leichter als beim ersten Mal.
Und bei den Gummistiefeln dauerte es diesmal sogar noch länger.
Endlich war es geschafft. Er öffnete die Haustür und schob mich hinaus. Dann stellte er den Schlitten im Schnee ab und setzte mich drauf.
Ich wartete, bis er mich zum Ende des Gartens gezogen hatte. Als er nach links in die Straße abbog, ließ ich mich elegant nach links sinken und vom Schlitten fallen.
Ich war so gut gepolstert, daß es überhaupt nicht weh tat. Doch das brauchte er nicht zu wissen. Ich stieß sofort einen lauten Schmerzensschrei aus und heulte: »Kalt! Kalt!«

Ich weigerte mich, Trost entgegenzunehmen. Er versuchte, mich wieder auf den Schlitten zu setzen, aber ich nahm sofort die Sitzsackgrundhaltung ein (vollkommen erschlaffen, in sämtlichen Gelenken keine Muskelkraft) und ließ mich erneut runterrutschen. Mein Gebrüll nahm um das Dreifache zu.

»Du willst doch hinaus in den Schnee gehen«, versuchte er mir zu sagen. »Du wirst viel Spaß im Schnee haben.«

Ja, das weiß ich. Aber nicht heute. Der heutige Tag soll einzig der Aufgabe gewidmet sein, mich an- und wieder auszuziehen.

Er hielt nicht lange durch. Schon erregten meine Schreie die Aufmerksamkeit neugieriger Nachbarn. Und ihr Gesicht erschien an einem Fenster im oberen Stock. »Was um Himmels willen machst du mit dem Kind?« fragte sie.

Er gab schnell auf. Nahm mich zurück ins Haus und verbrachte eine weitere Stunde damit, mich auszuziehen.

Als ich schließlich wieder in meiner normalen Kleidung steckte, schaute ich sehnsüchtig aus dem Fenster. »Will Schnee!« sagte ich. »Will Schnee!«

17. Tag

Hin und her und her und hin …
Ich kann Ihnen sagen: das Leben ist kein bißchen interessanter geworden. Naja, ich werde zwar größer, aber das ist auch das einzige, was hier unten passiert.
Ich bin jetzt 16 Zentimeter lang. Also ungefähr so groß wie – ein Riesenmarsriegel? Ja, könnte hinkommen. Allerdings eine etwas andere Form. Mein Kopf ist immer noch zu groß für meinen Körper.
Und ich habe keinen Schokoladenüberzug. Im Moment habe ich überall einen leichten Haarflaum. Nicht gerade mein Geschmack. Will ja nicht unbedingt wie eine haarige Kaulquappe rumlaufen.
Aber beim Casting für die Rolle in einem Science-Fiction-Film hätte keiner eine Chance gegen mich!

24. Tag

Sie ist ganz erpicht darauf, daß ich so bald wie möglich das Klo benutze. Ehe sie heute morgen zur Arbeit ging, habe ich es also benutzt ... als Katzen-Whirlpool.
Nichts einfacher als das: man steckt einfach die Katze hinein und betätigt die Spülung.
Sie war jedoch nicht gerade erfreut darüber.
Die Katze auch nicht. Hi-hii.

26. Tag

Wieder ein paar Fortschritte – entwicklungsmäßig. Bei mir zeigen sich jetzt die Anfänge von Finger- und Zehennägeln. Echt spitze, was? Und die Augenbrauen und Wimpern beginnen langsam zu wachsen. Ich nehme an, ich

könnte schon mal üben, mit den Wimpern zu klimpern – das wär doch was ... Oder doch keine so gute Idee. Hier unten ist niemand, den ich per Augenaufschlag bezirzen könnte.
Das ist das Schlimmste: allein zu sein und nichts zu tun zu haben außer hin und her zu schwimmen ... Dieses Lebensstadium macht vermutlich mehr Spaß, wenn man ein Zwilling ist ... oder ein Drilling ... oder ein Vierling ... oder eine der anderen Kombinationen, die immer groß in den Zeitungen gebracht werden.
Auf der anderen Seite ist hier ja nicht mal richtig Platz für mich. Mit anderen zusammen Sardine zu spielen, wäre auch nicht besonders spaßig.
Allein zu sein, hat natürlich den Vorteil, daß es keine Konkurrenz gibt. Wenn ich schließlich auf die Welt komme, ist mir die ungeteilte Aufmerksamkeit beider Eltern sicher, weil es keinen gibt, den sie noch beknuddeln könnten. Alleinsein ist wahrscheinlich doch besser.
Äh-häm. Also woll'n wir mal wieder ...
Hin und her und her und hin ...

28. Tag

Sie tut immer noch so, als bekäme sie wieder ein Baby. Seufz. Sie lebt in ihrer eigenen versponnenen Welt. Sie sollte in einem ihrer medizinischen Bücher das Kapitel über Scheinschwangerschaft nachlesen.
Als ob sie überhaupt die Zeit hätte für ein weiteres Kind. Sie hat ja kaum genug Zeit für mich. Es fällt ihr ja schon schwer, mir die Zuwendung und Aufmerksamkeit zu geben, die ich brauche. Für jemand anderen ist da gar keine Energie übrig.

Siebenundzwanzigster Monat

3. Tag

Tagsüber komme ich jetzt mit den Trainers ganz gut hin ... wenn ich will.
Ich kann auch schon manchmal das Klo benutzen statt des Topfes ... mit unterschiedlicher Zielgenauigkeit ... wenn ich in Stimmung bin.

Heute hatte ich zu beidem keine Lust. Sie war mir ziemlich auf die Nerven gegangen mit ihrem ständigen Gerede von einem Neuen Baby. Ich weiß, sie bildet es sich nur ein – wenigstens hoffe ich das –, aber langsam stinkt's mir.

Sie mit ihrem Gesäusel: »Oh, freust du dich nicht darauf, ein nettes kleines Brüderchen oder Schwesterchen zum Spielen zu bekommen? Das wäre doch schön, oder?«

Nein, wäre es nicht. Ich kann mir nichts Ekelhafteres vorstellen. Aber es wird ja sowieso nichts draus. Es ist schlimm genug, daß sie dauernd davon quatscht, wieder in den Beruf zurückzukehren. Der Gedanke, sie könnte noch ein Kind bekommen, ist einfach lächerlich.

Aber sie redete und redete und wollte nicht damit aufhören, und deshalb habe ich sie mit einem großen Haufen in meinem Windelslip zum Schweigen gebracht.

Und wissen Sie, was sie daraufhin sagte? Sie sagte: »Ach je. Hast du einen kleinen Unfall gehabt?«

Ich wünschte, sie würde diesen Ausdruck nicht mehr benutzen. Warum will sie nicht verstehen?
Es ist keinesfalls ein »Unfall«, wenn ich beschließe, einen Haufen zu machen.

10. Tag

Hin und her …
Es ist ein bißchen unterhaltsamer geworden. Wenn ich zutrete, kriege ich sofort eine Reaktion vom Wohnmobil. Sie wird ganz aufgeregt und reißt ihren Rock hoch, damit er ihren Bauch beobachten und meine Bewegungen sehen kann. Er scheint ziemlich uninteressiert. Wenn sie den Rock hochreißt, kommen ihm ganz andere Sachen in den Sinn …

12. Tag

Ich hab heute ein neues Wort gelernt. Bisher dachte ich immer, wenn ich eine rote Ampel sah, daß es »Rotlicht« genannt wird.
Jetzt weiß ich es besser. Mein Papa fuhr heute mit mir zum Supermarkt, und gerade als wir auf die Ampel

zufuhren, sprang sie auf Rot. Er schaute hinauf und sagte: »Kannst mich mal!«
Jetzt weiß ich also Bescheid. Zukünftig werde ich bei jeder roten Ampel sagen: »Kannst mich mal!«

15. Tag

Meine Mama ist absolut besessen von allem, was mit Klo zu tun hat. Jeden Tag, wenn sie von der Arbeit nach Hause kommt, fragt sie die Dampfwalze als erstes: »Und wie trocken waren wir heute? Wie oft Pipi? Wie oft Aa?«
Sagen Sie selbst, zeugt das bei einer erwachsenen Frau von gesundem Interesse?

TAG	PIPI	Aa
Montag	5	13

17. Tag

Heute kam sie mit einer Vorrichtung nach Hause, auf die sie ganz offensichtlich sehr stolz war.
Es handelt sich um eine kleine Klobrille, die auf die große Klobrille gesetzt wird und es bequemer machen soll, das Klo statt des Töpfchens zu benutztzen.
Das geht zu weit! Ich lasse mich nicht auf diese Weise herabsetzen!
Sie konnte es gar nicht erwarten, ihr neues Spielzeug an mir auszuprobieren. Sie baute es zusammen und setzte mich dann drauf.
»Na, siehst du«, schmunzelte sie. »Da oben sitzt du ganz sicher und bequem, oder? Und ich könnte dich, falls nötig, dort allein lassen, nicht wahr? Denn in dieses kleine Loch kannst du nicht hineinrutschen, oder?«
Sie schien die Idee weitaus spaßiger zu finden als ich.
Naja, in diesem Augenblick klingelte das Telefon, und sie ließ mich tatsächlich da oben thronen.
Ich gab meiner Meinung zu diesem neuen Utensil durch einen besonders häßlichen Haufen Ausdruck.
Und es gelang mir, sowohl am Loch im Kindersitz als auch am Loch der großen Klobrille vorbeizuzielen.
Ich habe mich schon öfter gefragt, ob es klug war, diesen Raum mit Teppich auslegen zu lassen.

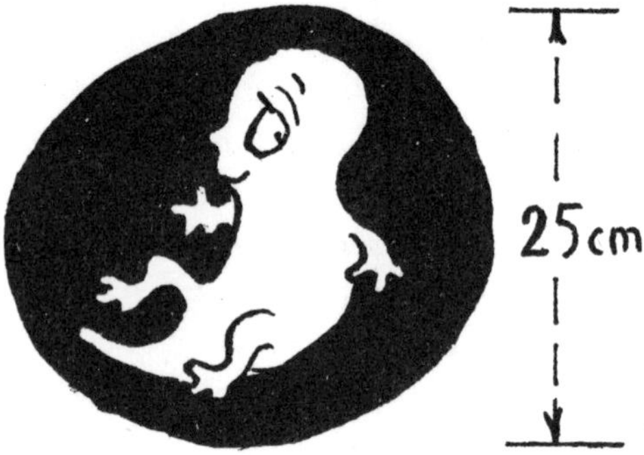

18. Tag

Ich bin inzwischen schon ganz schön groß. 25 Zentimeter, um genau zu sein. Stellen Sie sich eine Literflasche Geschirrspülmittel vor, das kommt ungefähr hin.
Und meine Muskeln werden kräftiger, was beim Treten von nicht zu unterschätzendem Wert ist.
Hin und her ... Und ein kräftiger TRITT! Und noch ein TRITT!

20. Tag

Meine Eltern wollen dauernd, daß ich den Gästen etwas vorführe, aber nicht das, was ich eigentlich am besten kann.
Und das ist Hosenbodengeplauder. Mein Papa nennt es »Furzen«, aber dieses Wort erfaßt auch nicht einen

Bruchteil des Nuancenreichtums und der Subtilität, die ein wahrer Künstler wie ich beim Hosenbodenplaudern zeigt.
Ich bin auch sehr geschickt bei der Wahl des richtigen Augenblicks für ein Bonmot aus dem Untergrund. Gewöhnlich, wenn sie Gäste haben, in deren Gegenwart sie sich nicht besonders wohl fühlen. Ich warte, bis ein langes, unangenehmes Schweigen eintritt, und breche dieses dann mit einem richtig schönen Böller.
Schlecht ist, daß meine Eltern das ziemlich lustig finden und kaum ein Lachen unterdrücken können.
Ich warte gewöhnlich einen Augenblick, bis sie sich wieder gefaßt haben, und lasse einen wahren Kracher los.
Das verfehlt nie seine Wirkung. Sie wälzen sich vor Lachen auf dem Boden.

22. Tag

Ein kleines Malheur beim Mittagessen heute. Die Dampfwalze ging wie gewöhnlich zum Gefrierschrank, um etwas zu holen, was sie für mich auftauen konnte. »Das wird dir schmecken«, sagte sie mit einem Blick auf das Etikett. »Leckerer Lammeintopf.«

Ich sollte vielleicht ein paar Worte über unseren Gefrierschrank verlieren. Er sieht aus wie bei jeder Familie mit einem zweijährigen Kind. Mit anderen Worten, neben den normalen Dosen mit Fleisch, Obst, Gemüse und so weiter enthält er diverse Joghurtbecher und in Alufolie und Frischhaltefolie gewickelte Klumpen mit den Überresten längst vergangener Mahlzeiten.

Wenn nämlich bei einer Mahlzeit etwas übrigbleibt, dann sagt sie: »Ach, das reicht noch für ein Essen für dich, nicht wahr?«, klatscht die Überreste in einen Joghurtbecher oder wickelt sie in Folie und schmeißt sie in den Gefrierschrank.

Was an sich nicht schlecht ist – oder wäre –, wenn sie bloß irgendwie Buch führen würde. Neben dem Gefrierschrank hängen Etiketten, aber die dienen dazu, Botschaften an den Kühlschrank zu kleben.

Nein, ich fürchte, mit unserem Gefrierschrankinhalt ist es wie mit den Videos. »Auf dem hier steht **Lindenstraße**«, sagt mein Papa zum Beispiel, wenn er den Stapel Kassetten neben dem Fernseher durchgeht. »Heißt das also, darauf ist tatsächlich die **Lindenstraße**?«

»Nein«, antwortet sie dann. »Auf dem habe ich das Ende von **Meine Lieder, meine Träume** aufgenommen, gefolgt von einem Dokumentarfilm über Babys, die mit drei Monaten schwimmen lernen.«
»Na ja, das kann ich doch überspielen, oder?« fragt er.
»Ja«, antwortet sie, zögert dann jedoch. »Schau zur Sicherheit lieber mal rein.«
Er schiebt die Kassette also ein und spielt sie ein wenig ab. Und siehe da, in Wirklichkeit befindet sich ein Fußballspiel von vor drei Jahren darauf und in der Mitte darübergespielt ein Tom-und-Jerry-Zeichentrickfilm.
Nun, das Auftauen von Mahlzeiten sieht so aus: sie öffnet den Gefrierschrank, durchwühlt den Inhalt und nimmt ein eisbedecktes, in Alufolie gewickeltes, zerknautschtes Etwas heraus. »Also …« sagt sie gedehnt, »das ist entweder von dem Hühnchenauflauf, der dir so gut geschmeckt hat … oder von dem Rührkuchen mit Marmelade, den du an Weihnachten hattest … oder die Reste von den Spaghetti, die es an dem Tag gab, als die Waschmaschine kaputtging …«
Mir ist schon der Gedanke gekommen, daß sich daraus ein gutes Fernsehquiz entwickeln ließe. Ein Rateteam aus berühmten Leuten wird zusammengestellt. Ein in Alufolie gewickeltes Päckchen wird aus einer ihrer Tiefkühltruhen genommen, und die anderen müssen raten, aus wessen Truhe es ist und was drin sein könnte. Am Ende könnten sie es aufwärmen, und wer richtig geraten hat, müßte es aufessen.

Ob **Stars und ihre Tiefkühltruhen** wohl erfolgreich wäre ...? Würde das Publikum sich darin wiedererkennen? Oder ist nur meine Mama beim Etikettieren des Inhalts ihres Gefrierschranks so unfähig?
Ach, fast hätte ich's vergessen ... Die Pointe bei der Geschichte heute war, daß der »leckere Lammeintopf«, den die Dampfwalze aus dem Gefrierschrank holte und mir zum Mittag kochte, sich als ... ein Fischkopf herausstellte, der für die Katze aufgehoben worden war.

24. Tag

Heute wurden meine Haare gekürzt, und zum ersten Mal wurden sie so geschnitten, wie **ich** es wollte. Der Pony verläuft in Schlangenlinien, am Hinterkopf sieht

es aus wie ein schlimmer Fall von Räude, und die rechte Seite ist vollkommen kahl.
Geschieht ihr vollkommen recht, was läßt sie auch ihre Nagelschere herumliegen.

25. Tag

Hin und her und her und hin ... TRITT! Und noch ein TRITT!

26. Tag

Die Heulsuse war heute wieder mal da, und ich habe ihr auch die Haare geschnitten. Sie hat geheult.
Ich weiß wirklich nicht, warum. So tief war der Schnitt ins Ohr doch gar nicht.

27. Tag

Als Glupschi heute aus der Waschmaschine kam, fehlte ein Bein. Der Stoff wird so dünn, daß er sich einfach auflöst. Würde es etwas bringen, auf einer Notfallbehandlung im Krankenhaus zu bestehen? Hmmm …

29. Tag

Sie fällt ja auf jeden Werbeslogan rein. Ich trage nachts immer noch Windeln. (Natürlich könnte ich trocken durch die Nacht kommen, aber ich habe keine Lust.) Naja, jedenfalls kam sie heute mit neuen zurück.

Sie hatte die Werbung dafür im Radio gehört. Anscheinend haben sie »unüberwindbare Haftstreifen«.

»Unüberwindbar?« Das werden wir doch mal sehen.

Es ist wie bei dem Shampoo namens »Tränenlos«. Hah!

30. Tag

Habe beweisen können, daß für mich keine Windel »unüberwindbar« ist.
Habe außerdem den Anspruch von »Tränenlos« durch eine sagenhafte, die gesamte Badeprozedur dauernde Mario-Basler-Nummer widerlegt.
Zwei Erfolge an einem Tag.
Manchmal überrasche ich mich sogar selbst.

31. Tag

Und TRITT!
Das wird langsam stinklangweilig.
Trotzdem, ich sollte an das große Ganze denken. An die

Wohltaten, die ich der Menschheit bringen werde. Oder wenigsten zweien von ihnen. Meinen Eltern.
Es wärmt mir das Herz, wenn ich daran denke, wie ich ihr trauriges Leben verwandeln werde. Sie sind die ganzen Jahre allein gewesen, nur sie beide. Und demnächst werden sie plötzlich mich haben! Ihr erstes Kind.
Wie sich ihr Leben ändern wird. Plötzlich werden wir zu dritt sein.

Achtundzwanzigster Monat

5. Tag

Samstag. Es ist toll, sich immer schneller bewegen zu können. Heute morgen hängte sie draußen im Garten Wäsche auf, und ich tat etwas, an das vor drei Monaten noch gar nicht zu denken war.

Sie hatte den Tag begonnen, indem sie irgend so ein ekliges Obstkompott kochte. Und als sie rausging, um die Wäsche aufzuhängen, stellte sie es auf der Anrichte ab, genau oberhalb der Stelle, wo die Katze in ihrem Korb schlief.

Es tut mir ja leid, aber bei dem Anblick dieser zwei Dinge so nah beieinander – Kompott, Katze – Katze, Kompott – konnte ich einfach nicht widerstehen. Mit einer schwungvollen Bewegung stieß ich das Kompott Richtung Kante der Anrichte, schaute zu, wie es kippte, fiel, sich elegant im Flug drehte und – platsch! – direkt auf der schlafenden Mieze landete.

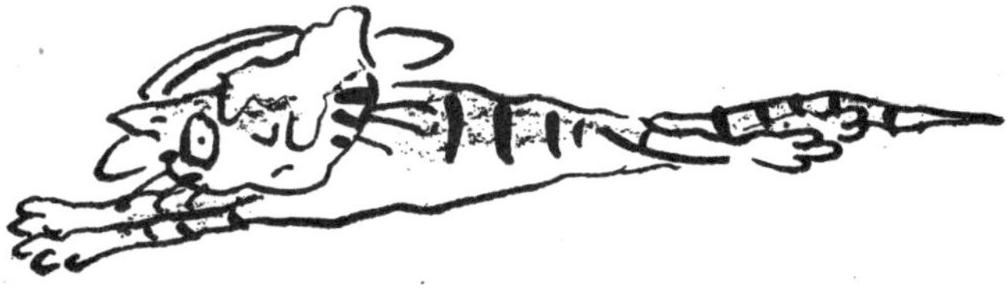

Dann – und das ist der Teil, der mir vor drei Monaten noch unmöglich gewesen wäre – wetzte ich aus der Küche und saß, ehe die Katze mit ihrem entsetzten Kreischer fertig war, schon mit einem dieser »erzieherisch wertvollen« Bücher, mit denen sie mich ständig traktiert, auf dem Sofa.
Durch den Krach alarmiert, kam sie aus dem Garten hereingefegt, und ich hörte ein weiteres Heulen, als die Katze sich ihr in die Arme warf. Sie erscheint sofort in der Wohnzimmertür, die kompottbesudelte Katze im Arm, und will mit ihrer Schimpftirade loslegen.
Ich blicke sanft und mit der Leidensmiene des ernsthaften Gelehrten, dessen Lektüre unterbrochen wurde, von meinem Buch auf. Es hat die gewünschte Wirkung.
Sie richtet ihren Zornesstrahl nun auf die Katze. »Du bist äußerst ungezogen«, kreischt sie und gibt ihr einen tüchtigen Klaps auf den Hintern. Als das Tier aus ihren Armen schießt und ich das Klappern seines propellerbeschleunigten Abgangs durch die Katzentür höre,

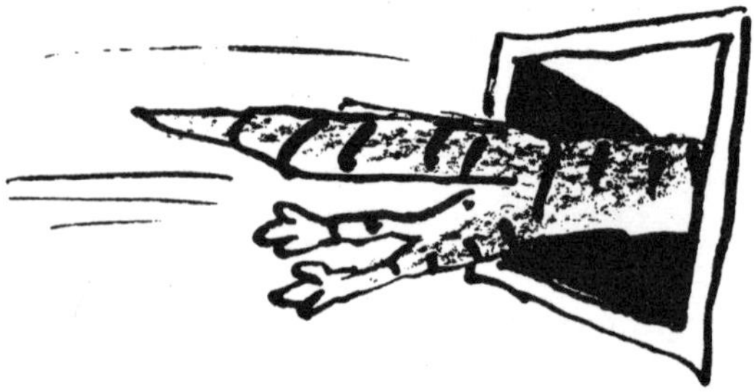

ruft sie ihm nach: »Ich werd's dir schon zeigen, du Untier!«
Ein sehr erfolgreicher Vormittag, was mich betrifft. Aber das »erzieherisch wertvolle« Buch war ja so was von langweilig.

6. Tag

Die Katze ist nach ihrem Kompottdebakel immer noch nicht zurückgekehrt. Hi-hii.
Heute nachmittag ist mir aufgefallen, daß auf ihrem Schoß immer weniger Platz ist. Sie hat einen richtigen Kugelbauch. Also wirklich, man sollte doch meinen, sie würde etwas dagegen tun. In den Zeitungen und im Fernsehen gibt es schließlich genug über Diäten und Weight Watchers und das ganze Zeug.
Aber nein, sie scheint nur immer dicker und dicker zu werden. Es ist kaum noch Schoß übrig bei ihr. Ich rutsche ständig ab. Sehr ärgerlich.

7. Tag

Immer noch keine Katze. Hurra. Ich glaube, diesmal habe ich sie wirklich für immer vergrault.

Das Geheimnis des verschwindenden Schoßes hat heute abend einen neuen Aspekt bekommen. Sie war gerade von der Arbeit nach Hause gekommen, und ich wollte, daß sie sich mir widmet. Sie schwafelte mal wieder nur herum, und deshalb kletterte ich für eine kurze Schmuseeinheit auf das, was von ihrem Schoß übrig ist.
Und dann ... passierte etwas ganz Merkwürdiges ...

Oi! Etwas Schweres drückt gegen die Wände meines Hauses. Doch ein gezielter Tritt sollte Abhilfe schaffen! Da!

Ich fühlte drinnen aus ihrem Bauch einen deutlichen Schubser! Ich war so baff, daß ich wieder von ihrem Schoß rutschte.
In der Annahme, ich hätte mich getäuscht, kletterte ich erneut hinauf.

Oi! Da war es wieder! Na, du sollst mich kennenlernen – wer immer du auch bist!

Schon wieder. Noch ein Schubser.
Igitt! Da ist etwas Lebendiges im Bauch meiner Mama!
Plötzlich wurde mir klar, was los war. Sie hat ihre Revancheandrohung wahrgemacht.
Meine Mama hat die Katze gegessen!

11. Tag

Wissen Sie, man hat mich schon als herzlos bezeichnet, aber das bin ich nicht. Jegliches grausame Verhalten meinerseits wird von den höchsten Motiven geleitet. Ich bin vielleicht manchmal garstig zu meinen Eltern, aber immer nur zu ihrem eigenen Besten. Sie dürfen nie vergessen, wo ihr Platz ist, und zu übermütig werden.

Nein, tief im Innern bin ich ein äußerst empfindsames Wesen. Heute war ich fast sentimental – und gegenüber jemandem, der Einfühlsamkeit am wenigsten verdient: der Dampfwalze. Sie tut mir aufrichtig leid. Nächsten Monat wird meine Mama nämlich, in Erkenntnis ihrer Irrwege, aufhören zu arbeiten. Sie kehrt dorthin zurück, wo sie schon die ganze Zeit hätte sein sollen – nach Hause, in steter Sorge für mein Wohl und Seelenheil.

Und was wird nach der Rückkehr meiner Mama aus der Dampfwalze? Sie, die man wirklich keine Schönheit nennen kann, sie, deren Schicksal keine Aufregungen bereithielt, hatte für einige kurze Monate auf der Sonnenseite des Lebens gestanden. Ihr trauriges Dasein wurde verzaubert durch den fast täglichen Kontakt mit mir.

Es bricht mir das Herz, zu wissen, daß ihr relativ junges Leben schon über seinen Höhepunkt hinaus ist.

Ach. Laßt uns eine Träne vergießen für die arme, alte Dampfwalze. Wie soll sie von nun an jeden trüben, düsteren Morgen überstehen ohne die Aussicht darauf, später am Tag mit mir zusammen zu sein? Es gibt unendlich viele persönliche Tragödien, die sich im Verborgenen abspielen. Dies ist eine davon.

18. Tag

Als Glupschi heute aus der Waschmaschine kam, fehlte ihm ein weiteres Bein. Jetzt könnte nicht einmal mehr der Oberfroschexperte des Naturkunde-Museums erkennen, daß es sich um einen Frosch handelt. Merkte, daß ich zu lange gezögert hatte, wegen seines Zustandes einen Aufruhr zu veranstalten, doch tröstete mich damit, ihn mit dem Papier einer ganzen Klopapierrolle zu bandagieren.

19. Tag

Meine Eltern hatten heute eine besorgniserregende Unterhaltung. Sie verwendeten ein häßliches Wort. »Spielgruppe«.

Sie sagte: »Wir sollten das mit der Spielgruppe wirklich so bald wie möglich klären.«
»Okay«, meinte er. »Also, wir rufen einfach verschiedene Gruppen an, oder?«
»Du lieber Gott, nein. Das reicht nicht. Die guten sind entsetzlich etepetete bei der Frage, wen sie aufnehmen.«
»Wirklich? Ach, das wird sicher kein Problem sein. Ein Kollege bei der Arbeit erzählte kürzlich von einer, die ganz gut sein soll. ›Tinkerbell‹ heißt sie, glaube ich ...«
»›Tinkerbell‹!« wiederholte sie. »Das soll wohl ein Witz sein!«
»Wieso?«
»Um ein Kind bei ›Tinkerbell‹ unterzubringen, muß man den Namen fünf Jahre, ehe es geboren wird, auf die Liste setzen lassen, einen Stammbaum über sieben Generationen beifügen und drei Menschen nennen, die Referenzen geben können, wobei mindestens ein Bundesrichter und ein Mitglied der Königlichen Familie dabei sein sollten.«
»Ach, was soll's«, sagte er. »Dann eben nicht ›Tinkerbell‹.«
Und auch keine andere Spielgruppe, was mich angeht.
Aber mir gefällt ganz und gar nicht, was sie da ausbrüten.

20. Tag

Ich frage mich, welche Nationalität ich habe ...?
Interessant, darüber nachzudenken, wo man wohl geboren wird.
Japan wär nicht schlecht ...
Oder vielleicht Papua-Neuguinea ...

22. Tag

Heute abend wollte sie mich unbedingt zum Malen bewegen. Buntstifte und viel Papier wurden bereitgelegt.
Ich wunderte mich, woher die plötzliche Begeisterung für diese Tätigkeit kam, bis sie ihm gegenüber beiläufig erwähnte, mit wem sie zu Mittag gegessen hatte – der Mutter von Klein-Einstein, was alles erklärte.

Dieser garstige kleine Kerl hat ganz offensichtlich ein Talent zum Malen offenbart (neben all den anderen Dingen wie Laufen, Sprechen, Lesen und ganz zweifellos auch Kernphysik). Anscheinend hat das kleine Ungeheuer etwas absolut Brillantes gemalt – höchstwahrscheinlich eine Kopie der Mona Lisa hingepinselt, die so authentisch war, daß seine Eltern sie zerreißen mußten, damit sie nicht in die Hände von Kunstdieben geriet, die versucht gewesen wären, sie gegen das Original auszutauschen.

Daher der plötzliche Wunsch, mich malen zu lassen.

Pff. Eines sollten meine Eltern doch allmählich wissen: Erpressung zieht bei mir nicht.

Ich zog also meine übliche Buntstiftnummer ab – so hart drücken, daß die meisten Minen abbrechen, sinnlose Krakel produzieren und (was am wichtigsten ist) darauf achten, daß das Papier verrutscht, so daß die meisten Krakel auf der Oberfläche des Eßzimmertischs landen.

Als ich schließlich fertig war, nahm er eines meiner Blätter. »Naja, ein zweiter Picasso steckt leider nicht in dir. Ich glaube nicht, daß du jemals etwas wirklich Künstlerisches hervorbringen wirst.«
Wart's nur ab, dachte ich. Eines Tages werdet ihr schon sehen.

26. Tag

Samstagmorgen, und sie wollte ausschlafen. Das passiert jetzt immer häufiger. Die ganze Woche über ist sie bei der Arbeit, wenn sie sich eigentlich um mich kümmern sollte, und am Wochenende drückt sie sich im Bett rum. Und ich werde vernachlässigt!

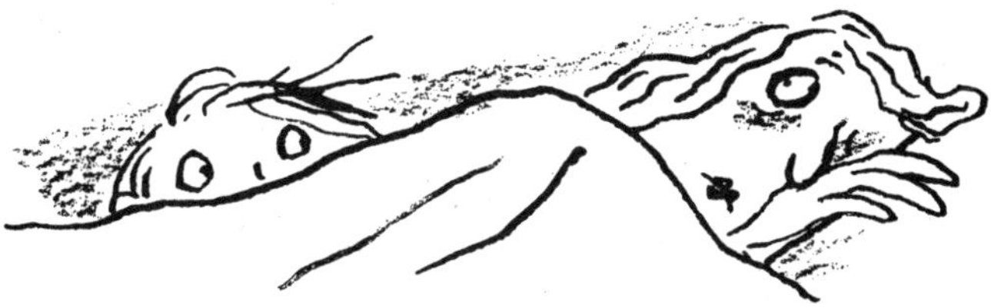

Zur Zeit habe ich von ihr so gut wie gar nichts. Sie ist dauernd müde oder schlecht gelaunt oder hat Kreuzschmerzen.
Na jedenfalls, ich dachte mir heute morgen, wenn sie schon im Bett herumlümmelt, soll sie es wenigstens

zusammen mit mir tun. Sie könnte mir Geschichten vorlesen. Naja, wenn ich sage »Geschichten«, meine ich eigentlich »eine Geschichte«. Es gibt da diese eine Geschichte, auf die ich zur Zeit so richtig scharf bin. Sie handelt von einem kleinen Kaninchen, das mit dem Bus fährt.

Und das Tolle an der Geschichte ist – sie bleibt immer gleich. Nicht wie im Kinderfernsehen. Im Kinderfernsehen passiert jedesmal etwas anderes ... na gut, nichts völlig anderes, aber ein bißchen anders. In einem Buch passiert dagegen jedesmal, wenn man es liest, haargenau das gleiche.

Und wenn einem das gefällt, was passiert – zum Beispiel ein Kaninchen, das am Anfang in den Bus einsteigt und am Ende wieder aussteigt –, dann hat man jedesmal Freude daran, wenn man die Geschichte hört.

Ich glaube nicht, daß ihr die Geschichte mit dem Kaninchen im Bus besonders gefällt. Sie hat in den letzten paar Monaten ein wenig die Lust daran verloren – eigentlich, seit es mein Lieblingsbuch ist – und heute morgen reagierte sie richtig sauer. Sie hatte es mir erst siebenmal vorgelesen, und ich hatte gerade gesagt: »Noch mehr Häschen!«, als sie kreischte: »Nein, das halte ich einfach nicht noch einmal aus, genug ist genug!«

Dann sprang sie aus dem Bett, riß das Fenster auf und rief zu meinem Papa hinunter: »Ich habe genug von diesem kleinen Monster!« (Das fand ich ein bißchen unfair. Das Kaninchen in der Geschichte ist ein nettes

Kaninchen.) »Du könntest dich gefälligst auch mal um ihn kümmern!«
»Ich bin aber gerade beim Autowaschen«, ertönte es klagend von unten. Autowaschen ist sein samstägliches Ritual. Der Wagen ist sein ein und alles. Daß er als Vater nicht zu gebrauchen ist, liegt nur daran, daß ich zur falschen Spezies gehöre. Wenn ich ein Auto wäre – womöglich noch ein glänzendes, blaues Auto wie sein jetziges –, bräuchte ich mich über seine Behandlung nicht zu beklagen.
»Dann laß dir eben, verdammt noch mal, dabei helfen!« brüllte sie zu ihm hinunter.
Äußerst unwirsch kam er nach oben, um mich zu holen, und dann nahm er mich vor's Haus, zusammen mit dem Schiebewagen, den mir jemand geschenkt hat. Es ist einer von diesen großen mit einer Griffstange wie bei einem Einkaufswagen, der kleinen Kindern beim Laufenlernen helfen soll. Dafür brauche ich ihn

inzwischen nicht mehr, aber ich schiebe ihn trotzdem noch gern hin und her.
Ich nehme an, er dachte, wenn ich ein Auto zum Spielen habe, könnte er weiter mit seinem spielen.
Doch wenn man mit einem Auto spielt, macht nur eine Sache so richtig Spaß. Und zwar, mit einem anderen Auto zusammenzustoßen. Wie sonst ließe sich die Beliebtheit von Formel-1-Rennen erklären?
Also begann ich, mein Auto vor- und zurückzuschieben und gegen den Kotflügel seines Wagens zu rammen. Er war auf der anderen Seite, und es dauerte ein oder zwei Minuten, bis er merkte, was ich da tat. Er kam wie eine wildgewordene Hummel herbeigeschossen und riß mir mein Auto aus der Hand.
Ich schaute mit meinem einnehmendsten Lächeln zu ihm auf und sagte: »Papa helfen! Papa helfen!«
Widerwillig gab er mir einen kleinen Lappen und zeigte mir, wo der Eimer mit dem Wasser stand.
Ich tauchte meinen Lappen ein, um ihn naß zu machen, aber irgendwie schaffte ich es, den ganzen Eimer Wasser über mich auszuleeren.
Nachdem er mir trockene Kleidung und meine Gummistiefel angezogen hatte (siehe S. 47 dazu, wie spaßig das sein kann), nahm er mich wieder raus mit zum Wagen. (Vorher versuchte er, mich wieder bei ihr abzuladen, hatte aber kein Glück damit. Sie ließ sich nicht einmal damit bestechen, daß er anbot, Essen beim Inder zu holen, damit sie an dem Tag nicht zu kochen brauchte – es kann kein Zweifel bestehen: sie mag das kleine Kaninchen im Bus wirklich nicht.)

»So, du schaust Papa jetzt einfach zu«, sagte er nachdrücklich.
»Papa helfen, Papa helfen«, sagte ich wieder mit meinem charmantesten Lächeln.
»Papa **zuschauen**!« knurrte er.
Das tat ich dann auch, ein paar Augenblicke lang, doch jemandem dabei zuzusehen, der ein bißchen blaues Blech poliert, ist stinklangweilig. Und ich wollte wirklich helfen. Also hob ich meinen kleinen Lappen auf und ging auf die andere Seite des Wagens, um ihn auch da schön blank zu polieren.
Ich war äußerst zufrieden mit dem Ergebnis. Ich glaube, in meinen Lappen waren, als er auf der Erde lag, ein paar hübsche kleine Steinchen geraten, denn bei jeder meiner Polierbewegungen entstand auf dem blauen Lack ein wunderschönes Design von weißen Linien und Spiralen.
Ich war gerade so richtig in Schwung gekommen, als ich über mir einen Brüller hörte.

»WAS ZUM TEUFEL TUST DU DENN DA!!!!«
Ich schaute mit einem gewinnenden Lächeln zu ihm auf. Ich tat genau das, worum er mich wenige Tage zuvor gebeten hatte. Ich produzierte etwas wirklich Künstlerisches.
So sah er das jedoch nicht. Ja, er schrie so laut, daß meine Mama jegliche Hoffnung auf einen gemütlichen Morgen im Bett aufgeben und herunterkommen mußte, um mich zu retten.
Ist es das Schicksal aller großen Künstler, mißverstanden zu werden? Ich frage mich, ob der kleine Michelangelo dieselben Probleme hatte ...? Hmmm, das bringt mich auf einen Gedanken, vielleicht sollte ich mich demnächst mal an die Zimmerdecke machen. Immerhin werde ich von Tag zu Tag besser im Teller-voller-Essen-Weitwurf.

Neunundzwanzigster Monat

9. Tag

Igitt. Jetzt bin ich mit diesem komischen Zeug bedeckt. Es ist irgendwie schmierig und wie Weichkäse. Pfui Teufel. Das ist nun wirklich das Letzte. Heute abend las das Wohnmobil in einem Schwangerschaftsratgeber nach – Sie wissen schon, checkte meine Fortschritte im Mechanikerhandbuch – und unterhielt sich mit ihm über dieses Zeug. Sie sagte: »Das Baby wird jetzt in Vernix gehüllt sein.«

»Vernix«? Klingt ja eklig! Wie etwas, das man gegen Ratten ausstreut.

Nebenbei, ich habe jetzt viel mehr Haare auf dem Kopf – und glücklicherweise ist dieser Körperflaum größtenteils verschwunden. Ich bin ziemlich stolz auf meine Haar-

tolle. Könnte direkt sexy aussehen – wenn sie nicht mit diesem Vernix zugeschmiert wäre.
Und Sie werden bestimmt erfreut sein zu erfahren, daß mein subkutanes Fett (Babyspeck für die Nicht-Fachleute) sich ganz wunderbar aufbaut.
Also, dann woll'n wir mal wieder …
Hin und her … und TRITT!
Ooh, peng, der hat aber gesessen. Ich werde ja wirklich immer stärker.

12. Tag

Als Glupschi heute aus der Waschmaschine kam, hatte er keine Arme mehr.
Jetzt sieht er wie ein zerfetzter Waschlappen aus.
Und ich liebe ihn mehr als je zuvor.

15. Tag

Hurra, hurraa! Endlich ist der Tag gekommen, an dem sie sich wieder rund um die Uhr mir widmet.

Keine Dampfwalze mehr. Kein Geschwätz mehr von einer Spielgruppe.

Ich muß allerdings sagen, daß das neue Leben nicht gerade gut anfing. Heute abend erwartete ich, als sie zur gewohnten Zeit nach Hause kam, eine dicke Umarmung von ihr und eine ausführliche Entschuldigung dafür, daß sie ihren Beruf nicht früher aufgegeben hat. Statt dessen wurde ich von ihm mit seiner üblichen miesmuffligen, lieblosen Art ins Bett gesteckt. »Deine Mama ist mit ihren Freundinnen ausgegangen«, sagte er. »Die letzte Gelegenheit für sie, noch einmal einen draufzumachen, ehe das Neue Baby kommt.«

Ich wünschte wirklich, sie würden mit diesem Neuen Baby aufhören. Das sind doch bloß Ausreden. Meine Mama hat solch ein schlechtes Gewissen, weil sie mich so lange der Dampfwalze überlassen hat, daß sie diese Geschichte mit dem Neuen Baby erfunden hat.

Sie kam sehr spät nach Hause. Ich wurde ungefähr um Mitternacht durch Krach von unten aufgeweckt. Es war ihr lauthalses Singen!

Ich war schockiert. Aber keine Sorge. Jetzt, da sie sich wieder ausschließlich um mich kümmert, werde ich sie schon wieder zurechtstutzen.

16. Tag

Heute ist sie erst um die Mittagszeit herum aufgestanden. Also wirklich!
Behauptet, sie sei entsetzlich müde. Wohl eher ein Kater.
Und sie ließ mich fast den ganzen Tag in den Händen der Dampfwalze. Ich nehme an, ein Übergangstag ist zu vertreten. Doch wehe ihr, wenn sie morgen nicht ihre Pflichten übernimmt.
Ich habe keine Szene gemacht, und auch die Dampfwalze hat sich gut gehalten. Obwohl sie bei der Aussicht, mich nicht mehr wiederzusehen, entsetzlich gelitten haben muß, bewahrte sie tapfer die Fassung. Keine einzige kleine Träne.
Doch als sie ging, machte sie einen Fehler.
»Tschüs«, sagte sie. »Bis morgen.«
Ach je, ach je. Es wäre ein Verbrechen, dem armen Mädchen seine Wahnvorstellungen zu lassen.

»Nein«, sagte ich fest. »Nicht bis morgen.«
Sie kapierte immer noch nicht, armes Dummchen. Ja, sie rauschte davon, ohne auch nur einen Blick zurückzuwerfen auf das Wesen, das in den letzten Monaten soviel Glanz und Freude in ihr trauriges Dasein gebracht hat.
Es wird noch in Tränen enden.

19. Tag

Die Dampfwalze war heute morgen wieder da! Und meine Mama schwafelt immer noch dummes Zeug von wegen einer Spielgruppe! **Und** quatscht weiter von dem Neuen Baby!
Was ist denn bloß los?

21. Tag

Jetzt hat sie aber wirklich nicht mehr alle Tassen im Schrank!
Heute nachmittag kam sie zum Beispiel in mein Zimmer und durchwühlte den Schrank mit den Kleidungsstücken, aus denen ich herausgewachsen bin. Sie ging diese ollen Klamotten der Reihe nach durch

und sagte: »Oh, das läßt sich noch wunderbar tragen.«
Vollkommen verrückt. Mir paßt doch überhaupt nichts mehr davon. Man sollte meinen, ihr sei in den letzten Jahren aufgefallen, daß ich immer größer werde. Ich meine, ich weiß, daß sie nicht gerade eine Leuchte ist und auch nicht die aufmerksamste, aber **das** ist doch wohl kaum zu übersehen. Ich bin kein Säugling mehr, sondern ein Kind von fast zweieinhalb Jahren. Auch nicht im Traum (nicht mal im Alptraum) würde ich noch in Kleidung für Neugeborene passen. Doch sie holte weiter die Klamotten heraus, faltete sie und sortierte sie auf Stapel.
Schließlich erhielt ich eine Erklärung für das, was in ihrem armen irren Hirn vorgeht. Sie sagte: »Schau doch nur, all diese hübschen Kleider für das Neue Baby.«
Ach je. Menschen wie ihr kann geholfen werden.

22. Tag

Ein weiteres Beispiel für ihren zunehmenden Schwachsinn.
Sie hielt Mittagsruhe. (Seit sie zu Hause ist, scheint sie nur noch ruhen zu wollen. Weiß sie nicht, daß sie die verlorene Zeit wiedergutmachen und jede wache Stunde mit meiner Unterhaltung verbringen muß?) Sie schlief jedoch nicht, sondern schaute zusammen mit der Dampfwalze und mir Fernsehen. Jetzt, wo sie den ganzen Tag zu Hause ist, wird es nicht lange dauern, bis sie genauso auf australische Seifenopern abfährt wie wir.
Na, jedenfalls, nachdem die Folge zu Ende war (mit einer unsagbar spannenden, nervenzerfetzenden Handlung, in der es darum ging, ob jemand herausfinden würde, ob jemand anders noch jemand anders geküßt hatte), tat sie etwas Merkwürdiges. Sie legte eine CD in den CD-Spieler und stöpselte die Kopfhörer ein.
Daran ist an sich nichts Ungewöhnliches. Doch was sie dann tat, war richtig eklig. Sie zog ihren Pullover nach oben und den Rock nach unten, so daß ihre Tonne von einem Bauch zum Vorschein kam. Und als ob das nicht schon schlimm genug wäre, arrangierte sie die Kopfhörer über ihrem Bauch!
Ich war nicht der einzige, dem dies leicht merkwürdig vorkam.
Die Dampfwalze warf ihr einen ihrer äußerst altmodischen Blicke zu.

»Ich hab da was gelesen ...« erklärte meine Mama. (Also ehrlich, bei all den blöden Ideen, die sie schon aus dem gedruckten Wort bezogen hat, sollten Bücher wirklich aus unserem Haus verbannt werden ... außer dem mit dem Kaninchen, das in einem Bus fährt, natürlich.)

»Und«, fuhr sie fort, »in diesem Buch steht, daß das Baby im Bauch auf Geräusche und Einflüsse von außen reagiert und daß man die Musikalität eines Kindes schon in der vorgeburtlichen Phase entwickeln kann.«

Also wirklich, was für ein Schwachsinn.

»Leider habe ich es bei dem da ...«, womit sie auf mich zeigte, »... nicht ausprobiert, aber beim Neuen Baby soll alles getan werden, was zu seinem Besten ist.«

Einen Augenblick lang war ich außer mir. Das Neue Baby sollte besser umsorgt werden als ich?

Dann erinnerte ich mich daran, daß es das Neue Baby ja gar nicht gibt. Und auf etwas, was sich jemand einbildet, kann man nicht gut eifersüchtig sein, oder?

Ich habe im Laufe des vergangenen Jahres ja so einige unfreundliche Dinge über das Einfühlungsvermögen der Dampfwalze gesagt, aber der Ausdruck, mit dem sie auf Mamas neueste Idiotie reagierte, war göttlich. Voller verächtlichem Spott, aber auch mit dem Hauch von Panik bei dem Gedanken, sie könnte es mit einer gefährlichen Irren zu tun haben.

Haargenau meine Gefühle.

Sie merkte davon natürlich nichts. Sie lebt in ihrer eigenen Welt.

»Also gut«, sagte sie fröhlich. »Dann wollen wir uns ein wenig Mozart anhören.«

Und sie stellte den CD-Spieler an.

Da lag ich also, döste friedlich vor mich hin, als ich plötzlich von diesem schrecklichen Krach aufgeschreckt wurde!

Er kommt ganz aus der Nähe. Was um Himmels willen ist das?

Klingt nach Musik ... Vielleicht feiern die Leute nebenan eine Party ...?

Apropos, darüber habe ich noch nie nachgedacht. Gibt es nebenan Leute?

Ich bin eigentlich immer davon ausgegangen, daß die Gebärmutter, in der ich stecke, ein Einzelstück ist, die einzige, die das Wohnmobil, das mich transportiert, besitzt.

Doch vielleicht liege ich ja falsch. Vielleicht gibt es ganz viele, und ich bin im siebzehnten Stock eines aus Gebärmuttern bestehenden Hochhauses.

Falls das stimmt, wird das Rauskommen keine reine Freude. Ich hoffe, der Aufzug funktioniert.
Dieser Krach ist ja nicht zum Aushalten!
Vielleicht stellen sie es ein bißchen leiser, wenn ich gegen die Wände trommle.
Da, ein kräftiger Schlag gegen die Wand! Und n o c h einer! Und n o c h einer!

Sie sah hinunter auf ihren kopfhörerbestückten Kugelbauch und sagte: »Oh, schaut mal, Baby liebt Mozart. Baby tanzt im Takt mit der Musik.«
Ganz klar. Sie sollte jemanden konsultieren.

Mein Trommeln gegen die Wand scheint nicht zu wirken.
Das Hämmern dieser verdammten Musik will nicht aufhören. Es scheint sogar noch lauter zu werden.
Herrjemine, was für ein Krach! Ich kann Ihnen sagen, wenn ich rauskomme, werde ich mir, egal, was für einen Musikgeschmack ich später einmal entwickle, auf jeden Fall nie diesen Mist anhören!

23. Tag

Am Ende des Nachmittags erwartete mich wirklich eine faustdicke Überraschung. Ich hatte gerade gegessen und verrieb Banane auf der Katzendecke, als sie, gefolgt von der Dampfwalze, in die Küche kam.

»Angie will sich von dir verabschieden«, sagte sie. (»Angie« ist der richtige Name der Dampfwalze. Ich hab immer so getan, als könnte ich ihn nicht aussprechen. »Aarschi« war mein bester Versuch. Aber das benutze ich nicht sehr oft.

Ich war nicht sonderlich interessiert. Ich amüsierte mich gerade damit, herauszufinden, ob die Zugabe von Katzenhaar den Geschmack einer Banane verbesserte oder nicht, und schaute daher nicht auf, sondern winkte nur nebenbei und sagte »tschüs«.

»Nein«, sagte meine Mama. »Diesmal heißt es wirklich, Abschied nehmen. Angie wird nicht mehr herkommen. Sie war nur die letzte Woche da, um dir den Übergang zu erleichtern. Doch jetzt werde ich mich allein um dich kümmern, und Angie hat eine neue Stelle.«

Jetzt schaute ich doch auf. Und ob Sie's glauben oder nicht – das große Ungeheuer grinste mich von einem häßlichen Ohr zum anderen an! »Ja, das wird toll, die neue Stelle«, sagte sie. »Die haben einen Swimmingpool. Ich wohne bei der Familie. Habe mein eigenes Videogerät und darf das Auto benutzen.«

Also wirklich, diese jungen Frauen heutzutage, so was von materialistisch!

Nun, ich würde ihr den Abgang auf keinen Fall erleichtern. Beleidigt drehte ich ihr den Rücken zu und konzentrierte mich wieder auf meine Bananen-Katzenhaar-Mantsche.

Und es schien sie doch tatsächlich überhaupt nicht zu berühren! Sie konnte es kaum erwarten, zur Haustür zu kommen.

»Ich hoffe, Sie kommen uns ab und zu mal besuchen«, hörte ich meine Mama der entschwindenden Gestalt der Dampfwalze nachrufen.

»Ich bezweifle es«, ertönte die Antwort. »Ehrlich gesagt, steht mir der kleine Quälgeist bis obenhin!«

Ha! Dafür werden Köpfe rollen. Und der erste wird der meiner Mama sein!

27. Tag

Heute habe ich ihr das Leben zur Hölle gemacht. Aha, ... Sie glaubt also, sie kann allein mit mir fertig werden? Das werden wir ja sehen.
Den ganzen Tag über heulte und brüllte ich und trat um mich und biß und klammerte mich plärrend an sie und wurde allgemein der klassischen Definition eines zweijährigen Kleinkinds in der Trotzphase gerecht.
Das meiste war nur darauf angelegt, ihr zu zeigen, daß sie mich so nicht behandeln kann. Aber einige der Tränen waren echt. Ich gebe es ja nicht gerne zu, selbst vor mir nicht, aber ich vermisse doch tatsächlich die gute, alte Dampfwalze.

Dreißigster Monat

6. Tag

Heute hat sie in meiner Achtung aber massiv verloren. Sie mag zwar gestiegen sein, als sie ihren Beruf aufgab, aber heute ging sie mit mir zu einer Spielgruppe. Ich habe gedacht, mit der Unterhaltung zwischen ihr und ihm über Tinkerbell sei das Thema abgeschlossen. Aber nein. Sie muß den heutigen Ausflug wochenlang geplant haben.
Zuerst fühlte ich mich noch sicher. Wir würden uns nur diese rotznasigen kleiner Stinker besehen. Vor ein paar Monaten waren meine Großeltern mit mir im Zoo, und ich dachte, das hier wäre ähnlich. Einen Blick auf die verschiedenen Gattungen werfen, ihnen vielleicht während der Fütterungszeit zusehen, darüber schmunzeln, wie sehr sie doch den Menschen in vielem ähneln, und nach Hause gehen.
Aber bald stellte sich heraus, daß sie mich zu dieser Spielgruppe mitgenommen hatte, weil ich ihr beitreten sollte! »Im Herbst«, sagte sie. Wann immer das ist.
Das Ganze erhielt einen noch düsteren Aspekt. Das Herumkommandieren der Kindergärtnerinnen hörte auf, lustig zu sein, als mir klar wurde, daß ich einmal der Adressat sein könnte. Und die widerlichen kleinen

farbbekleckerten Stinker in ihren Latzhosen waren plötzlich keine reinen Schaustücke mehr. Bald würde ich zu ihnen gehören.
»Na, ist das nicht eine nette Spielgruppe?« fragte sie. »Es wird dir hier doch gefallen, oder?«

Warum fängt sie ständig wieder davon an? Das ist eines der Grundprinzipien von Gehirnwäsche. Man sagt so lange das genaue Gegenteil dessen, was jemand glaubt, bis derjenige schließlich seine Meinung ändert.
Aber bei mir wird sie damit kein Glück haben!
(Übrigens, es gab heute auch einen netten Augenblick. Ich erkannte eines der Kinder in der Spielgruppe. Es war die liebe gute Heulsuse. Ich stieß ihr meinen Finger ins Auge. Gut zu wissen, daß in einer Welt des ständigen Wandels manche Dinge ihre Wirkung nie verlieren.)

7. Tag

Heute wurde mir plötzlich etwas klar: nach allem, was sie über Tinkerbell erzählt hat, muß diese Spielgruppe, in die sie mich stecken will, eine ganz minderwertige sein. Ich weiß, daß mein Name nicht seit fünf Jahren auf der Warteliste steht; ich bin mir sicher, daß sie auch keinen Stammbaum über sieben Generationen oder irgendwelche Referenzen – schon gar nicht von Mitgliedern des Königshauses – vorgelegt hat.
Meine Eltern wollen mich in eine zweitklassige Spielgruppe abschieben. Diese Knauser!
Ich will zu Tinkerbell!

9. Tag

Heute hat sie einen weiteren Beweis dafür geliefert, daß sie nicht mehr ganz richtig tickt. Ich fiel hin. Das ist nicht ungewöhnlich, passiert mir ziemlich oft. Ich trainiere im Moment meine Laufgeschwindigkeit, und das Leben ist voller Dinge, über die man stolpern kann.
Das Dumme ist nur, daß ich jetzt im Sommer keine Latzhosen mehr trage, sondern Shorts, und da tut es eben weitaus mehr weh, wenn man fällt.
Heute vormittag sauste ich zum Beispiel aus der Küche

ins Wohnzimmer, in dem Versuch, den Küche-ins-Wohnzimmer-Weltrekord um ein paar Hundertstel Sekunden zu verbessern, als mein Zeh an ihrem Einkaufsbeutel hängenblieb, der unvorsichtigerweise im Flur abgestellt worden war, ein Gefahrenhindernis für alle Weltrekordaspiranten.

Wumm! Peng! Ich mache einen unfreiwilligen Hechtsprung, und lande mit aller Härte auf meinen Knien. Natürlich heule ich sofort los. Das ist kein Weinen aus Beachtungsbedürfnis, sondern aus wahrem Leiden – es tut weh!

Sie kommt aus dem Gästezimmer, das sie gerade neu tapeziert, die Treppe heruntergestürzt. (Ich weiß wirklich nicht, warum sie das Zimmer neu einrichtet – schließlich werden sie ja nicht gerade von Gästen überrannt. Und ich glaube auch nicht, daß viele ihrer Freunde Gefallen fänden an einer Tapete mit flauschigen Kaninchen drauf.) Sie nimmt mich in die Arme. »Ach, bist du hingefallen?«

Natürlich bin ich hingefallen! Ich verbringe meine Tage normalerweise nicht damit, der Länge nach im Flur zu liegen und mir die Augen aus dem Kopf zu heulen! Aber es war mir zu blöd, das laut zu sagen. Außerdem weinte ich zu stark. Ich weiß ja nicht, woraus der Teppich im Flur gemacht ist, aber meine Kniescheiben fühlten sich an, als wären sie von jemandem mit einem Sandstrahler bearbeitet worden.

Es gelang ihr, sich zusammenzureimen, wo es mir wehtat. »Hast du dir die Knie angeschlagen?« Sie besah sich die geschundenen Gliedmaßen. Ich besah sie mir ebenfalls durch meine Tränen hindurch.

Ein bißchen enttäuschend. Keineswegs das Schlachtfeld zerfetzter Haut, das ich erwartet hatte – nur ein bißchen rot.

Doch dann zeigte sie mir, wie dämlich sie tatsächlich ist. »Ach«, sagte sie leichthin, »ein Kuß macht es bestimmt besser.«

Und sie plazierte auf jeder Kniescheibe einen dicken Schmatzer.

Besser durch einen Kuß? Was soll das? Wo bin ich denn? Hier haben wir eine erwachsene Frau, stolze Besitzerin ganzer Regalbretter voll medizinischer Wörterbücher, Kinderpflegebücher und so weiter, regelmäßige Zuschauerin von **Schwester Stephanie, ER** und allem, wo Ärzte ihr Stethoskop schwingen ... und sie glaubt, man könne ernsthafte Verletzungen mit einem Klacks Spucke heilen.

Jod, ja, das würde ich ihr abkaufen ... ein vernünftiges Desinfektionsmittel ... Hamamelis ... okay, das sind alles medizinisch wirksame und erprobte Mittel. Doch ein Kuß ...? Wo war sie während der letzten fünfhun-

dert Jahre mit ihrer sprunghaften Entwicklung in der Medizin?
Also wirklich, manchmal könnte ich beim Gedanken an sie verzweifeln.
Aber sie machte es wenigstens teilweise wieder gut. Nach ungefähr einer halben Stunde, in der ich, egal, was sie versuchte, weiterheulte, sagte sie: »Würden ein paar Smarties helfen?«
Das war endlich mal ein vernünftiger Vorschlag. Ich meine, jeder weiß doch, daß im Laufe der Jahre erschöpfende wissenschaftliche Untersuchungen ergeben haben, daß Smarties von großem medizinischen Nutzen sind.

12. Tag

Pfff. Jetzt reicht es mir wirklich. Ich schlafe ja schon, soviel ich kann, aber zwischendrin gibt es immer noch massig

Zeit, in der ich bei Bewußtsein bin. Und am meisten bewußt ist mir, wie elend langweilig es hier ist.
Das einzige, was mich bei Laune hält, ist der Gedanke an das breite Lächeln auf ihren Gesichtern, wenn sie mich erblicken, ihr erstes kleines Baby.

15. Tag

»Ich machen!« ist immer noch mein Slogan. Ja, wenn es um das Po-Abwischen geht, wird überhaupt nichts anderes akzeptiert.

Ich habe ein geschicktes Händchen mit der Klopapierrolle und bin alles andere als ein Knauser. Für mich ist die Klozeremonie erst abgeschlossen, wenn eine ganze Rolle aufgebraucht wurde.

18. Tag

Dieses Haus entwickelt sich langsam zu einer Festung. Voll bis zum Dach mit Sicherheitsmaßnahmen. Alles, mit dem ich gerne spielen würde, wurde entfernt oder unschädlich gemacht.

So haben sie zum Beispiel Schutzstecker in sämtliche Steckdosen gesteckt, damit ich nichts mehr reinstopfen kann. Oben und unten an der Treppe wurden Sicherheitsgitter angebracht, so daß ich mich nicht mehr in der Technik des freien Falls üben kann.
Die Fenster sind mit Riegeln gesichert (aus der Traum vom Bungee-Springen) und auch die Schubladen und Regale. Sie haben sogar am Kühlschrank und dem Gefrierschrank Sicherungen angebracht.

Also wirklich! Versuchen sie gezielt, mich in meiner Entwicklung zu behindern? Ich bin in einem Alter, in dem man gemäß sämtlichen Kindererziehungsratgebern voller Neugier steckt und die Welt um sich herum erkunden möchte. Doch wie soll ich das tun, wenn ich nicht in Schubladen und Regale und Kühlschränke schauen darf?

Wenn ich später einmal als Teil der Arbeitslosenstatistik auftauche, weil mir die nötigen Qualifikationen fehlen, müssen meine Eltern die Schuld ganz allein bei sich suchen. Erziehung sollte ein Prozeß des Türenöffnens sein, und wie soll man Türen öffnen, wenn sie, verdammt noch mal, alle mit Riegeln versehen sind?

Sie haben bei manchen Türen sogar Türstopper angebracht, damit sie nicht knallen können. Das wird mich in meiner Entwicklung ernsthaft zurückwerfen. Wie kann ich jemals hoffen, ein ordentlicher Teenager zu werden, wenn ich nie üben konnte, mit Türen zu knallen?

Sie haben am Herd eine Sicherungsumrandung angebracht, so daß ich des Vergnügens beraubt bin, hin-

aufzulangen und Töpfe mit kochendheißem Essen herunterzuziehen. Und heute wurde das Faß zum Überlaufen gebracht, als er mit einem Sicherungsdings von der Arbeit nach Hause kam, das an der Vorderseite des Videogeräts befestigt wird, so daß das Kassettenfach verdeckt ist. Wohin soll ich jetzt meine halbgegessenen Butterbrote, Apfelbutzen, Lutscher und so weiter stecken?
Meine Eltern haben das Haus in eine vergnügungslose Zone verwandelt. Sie sind ja so was von egoistisch. Denken nur an sich.

20. Tag

Heute, so hat sie beschlossen, sollte ich mit Knete spielen. Immer wenn sie mit ihren pädagogisch korrekten Freundinnen über Knete redet, verwendet sie Phrasen wie »von hohem erzieherischem Wert« und »hilft bei der Entwicklung künstlerischer Talente«. Ihr ist nicht klar, daß Knete nur zu einem gut ist – es in kleine Löcher und Ritzen zu stopfen.
Das Blöde ist nur, daß unser Haus, wie ich schon erwähnte, inzwischen so auf Sicherheit ausgelegt ist, daß es kaum noch kleine Löcher und Ritzen gibt. Ich mußte mich daher damit begnügen, ein wenig Knete in das Ende einer Plastikröhre zu stecken, die ich im Abstellraum unter der Treppe fand.

21. Tag

Ich bin inzwischen über 40 Zentimeter lang. Ich wette, Sie würden mir nicht gern im Dunkeln begegnen!

25. Tag

Als Glupschi heute aus der Waschmaschine kam, war er noch mehr geschrumpft. Je kleiner er wird, desto heißer und inniger liebe ich ihn.

26. Tag

Eltern sind doch komisch. Ich meine, was sie beim Größerwerden von Kindern für wichtig halten, ist so was von abwegig. Ich hätte gedacht, am wichtigsten ist, daß ein Kind gesund ist und ... Das wär's eigentlich schon. Solange es gesund ist, ist alles andere egal. Nicht jedoch für Eltern. O ja, sie möchten, daß man gesund ist, aber das wird neben anderen Dingen fast zur Nebensache.

Ich rede hier von Manieren. Eltern sind vollkommen besessen von Manieren. Es graut ihnen davor, ihre Kinder könnten Dinge tun, die beweisen, daß sie »schlecht erzogen« oder, schlimmer noch, »ordinär« sind. Denn das würde man ihnen, den Eltern, anlasten. Das Blöde ist nur, daß die meisten Sachen, die wir **nicht** tun sollen, gerade die sind, die am meisten Spaß machen. Dazu gehört natürlich Hosenbodengeplauder, und die anderen drei, bei denen meine Eltern sich am meisten aufregen, sind: Daumenlutschen, An-den-Nägeln-Kauen und In-der-Nase-Bohren.

Ich versteh wirklich nicht, was daran so schlimm sein soll.

Im Gegenteil, ich sehe eigentlich nur Positives.

Daumenlutschen ist ungeheuer beruhigend, und man braucht kein Professor der Freudschen Psychologie zu sein, um zu erkennen, warum. Der Daumen stellt in dem winzigen Kinderhirn ETWAS ANDERES dar. Wir lutschen am Daumen, weil es an das wärmende Gefühl erinnert, als wir EINE BRUSTWARZE IM MUND hatten.

Was ihre Aufregung über mein Daumenlutschen nur noch lächerlicher macht. Wenn ich jedesmal, wenn es mich drängt, am Daumen zu lutschen, nicht am Daumen lutschen würde, dann bräuchte ich statt dessen eine richtige Brustwarze. Und das wäre für sie, als sie wieder in den Beruf ging, doch äußerst unpraktisch gewesen, oder? Geschäftsleute kriegen es normalerweise mit, wenn in einer Sitzung bei jemandem ein Baby an der Brust baumelt.
Ich hätte gedacht, daß es in ihrem eigenen Interesse ist, wenn ich möglichst lange am Daumen lutsche.
Auch über Nägelkauen dürften meine Eltern sich eigentlich nicht aufregen. Sie wissen, wie schwierig es ist, die winzigen Nägel eines Säuglings zu schneiden; sie haben sich schließlich oft genug darüber beschwert. Aber welchen Dank ernte ich, wenn ich ihnen meine Hilfe anbiete – meinen eigenen Selbstschneideservice? Überhaupt keinen.

Außerdem scheinen sie nicht zu erkennen, daß das, was ich abbeiße und anschließend esse, sehr nahrhaft ist. Und daß ich immer noch gelenkig genug bin, um an die Zehennägel zu kommen.
Dann wäre da das Nasebohren.
Also, da verstehe ich ihre Einwände ja nun gar nicht. Nasebohren ist ein völlig natürlicher menschlicher Instinkt. Jeden hat es schon in der Nase gekitzelt und wir alle wissen, wie störend das sein kann. Was wäre also vernünftiger, als das Kitzeln mit Hilfe eines von der Natur mitgelieferten Instruments zu beseitigen? Wozu wurden wir denn mit Fingernägeln ausgestattet – abgesehen von dem unbestrittenen Vergnügen und der Verpflegung, die sie Nägelkauern bescheren?
Es gibt nichts Vergnüglicheres, als auf der Suche nach einem irregeleiteten Popel mit dem Finger im Nasenloch zu bohren. Hier haben wir den Nervenkitzel der Jagd, aber ohne daß wir uns ein schlechtes Gewissen machen müssen, weil wir einen unserer tierischen Freunde verletzen. Ein Popel hat kein unabhängiges Leben; er ist Teil unserer selbst und kann daher nicht verletzt werden.
Und da der Popel, sobald er erwischt wurde, im Idealfall sofort in den Mund gesteckt und verschluckt wird, bleibt auch die Nahrungskette intakt. Nasebohren ist eine ökologisch perfekte Form der Unterhaltung – im doppelten Sinne.
Ich könnte noch weiter auf die feineren Aspekte dieses Spiels eingehen – auf die für das Nasebohren erforderlichen zusätzlichen Fertigkeiten, wenn man eine Erkäl-

tung hat, auf die ausgefeilte Fingertechnik, wenn der Popel verkrustet ist und festsitzt, auf die beste Methode, herausgeholten Popel in das Gesicht eines vorbeigehenden Elternteils zu schießen, auf die unterschiedlichen Strukturen und Geschmacksrichtungen verschiedener Popel, wenn sie in den Mund gesteckt und gegessen werden – aber hier ist wohl nicht der Ort für solche Feinheiten.

27. Tag

Eine leicht eisige Atmosphäre heute zwischen ihm und ihr. Vor Monaten verabredete er mit Freunden aus dem Büro, dieses Wochenende ans Meer zu fahren. Er sagt, daß sie die Zeit nutzen wollen, um eine Geschäftsstrategie auszuarbeiten und ein bißchen zu schnorcheln. Sie sagt, daß es nur eine Ausrede ist, um ein ganzes Wochenende im Pub verbringen zu können.

Außerdem findet sie es höchst egoistisch von ihm, sie zu verlassen, »wenn ich in diesem Zustand bin – und mich noch dazu allein um den kleinen Halunken kümmern muß!«
Doch er ließ sich partout nicht von seinem Vorhaben abbringen und zog los.
Mir ist gerade klargeworden, daß mit dem »kleinen Halunken« ich gemeint war. Sie ist ja so was von grob.

29. Tag

Heute abend hat die Atmosphäre zwischen meinen Eltern arktische Temperaturen angenommen. Sie ist stinksauer, nachdem sie sich ein ganzes Wochenende allein um mich kümmern mußte.
Und er kam mit einer noch größeren Stinklaune von seinem Ausflug ans Meer zurück. Schnorcheln wird anscheinend erschwert, wenn der Schnorchel mit Knete vollgestopft ist.

Einunddreißigster Monat

3. Tag

Sie sieht in letzter Zeit wirklich etwas mitgenommen aus. Es ist heiß, und sie ist so dick, daß sie sich nur mühsam von einem Zimmer ins andere schleppt. Sie könnte mir fast leid tun.

Da. Ich hab's gesagt. Sie halten mich alle für unmenschlich und glauben, mein einziges Ziel sei es, meinen Eltern das Leben zur Hölle zu machen, aber da unterschätzen Sie die von Natur aus edle Seite meines Wesens. Wenn ich jemals etwas tun sollte, was meinen Eltern Schmerz bereitet, dann geschieht es nur zu ihrem Besten. Wenn ich nicht stets die Augen aufhielte, in steter Bereitschaft wäre, um sie in ihre Schranken zu verweisen, dann könnten wir überhaupt nicht als Familie zusammenleben. In jedem Haushalt muß es jemanden geben, der die Verantwortung übernimmt, und in unserer Familie bin ich das.

Und als Beweis, wie nett ich in Wirklichkeit bin, habe ich heute einen Akt reiner Güte vollbracht. Ich sah, wie gestreßt und erschöpft sie war, und tat etwas, um ihr das Leben zu erleichtern.

Ich blieb die ganze Nacht über trocken.

Und es war herzergreifend, welche Reaktion diese

einfache Geste bei ihr hervorrief. Sie kam morgens ins Zimmer, mit glanzlosen Augen und hängenden Schultern, und murmelte ihr übliches: »Ach ja, dann will ich dich mal saubermachen.« Doch als sie mir Schlafanzughose und Windel auszog und sah – oder vielmehr nicht sah –, da ging mit ihr eine Verwandlung vor.

Ihre Augen erstrahlten, sie richtete sich kerzengerade auf, und ein helles Leuchten überzog ihr armes Gesichtchen. »Ach, was für ein kluges, großes Baby du doch bist«, gurrte sie. »Du bist die ganze Nacht trocken geblieben.«

Es ist manchmal schon traurig, wie wenig es braucht, um sie glücklich zu machen.

4. Tag

Wieder die ganze Nacht trocken. Ihre Reaktion ist immer noch rührend übertrieben. So, wie sie sich angesichts meiner Leistung anstellt, könnte man meinen, ich hätte das Geheimnis des ewigen Lebens gelüftet.

Und damit Sie sehen, was für ein cooler Typ ich bin: ich machte auch den ganzen Tag kein einziges Mal in meinen Windelslip. Jedesmal, wenn ich das Bedürfnis nach Pipi oder Aa hatte, warnte ich sie rechtzeitig und plazierte es jeweils im Klo.

Sie war von meinem Tagesergebnis ebenso beeindruckt wie von meinem nächtlichen. Jetzt sieht sie mich immer mit dieser merkwürdigen, ehrfürchtigen Verwunderung an. Vielleicht bin ich ja doch der Messias.

7. Tag

Halte immer noch brav vierundzwanzig Stunden trocken durch.
Heute nahm sie ein paar alte Windelslips hoch und sagte nachdenklich: »Vielleicht sollte ich sie wegwerfen ...?« Sie zögerte einen Augenblick. »Oder doch nicht. Lieber auf Nummer Sicher gehen.«
Und sie legte sie in die Kommode, in der auch die

Windeln sind. Ich spähte hinein in die Kommode, um zu sehen, ob sie all die Schachteln mit Windeln ausgemistet hat, da ich die ja nun auch nicht mehr brauche.
Doch nein. Ich würde sogar sagen, es waren mehr Windeln drin als normalerweise. Und dazu hatte sie sich auch noch mit ganz falschen eingedeckt. Ich brauche inzwischen ziemlich große Windeln – und außerdem die, die man rauf- und runterziehen kann. Aber meine Mutter hatte die Schublade mit Windeln für Neugeborene aufgefüllt.
Die Gute kann sich immer noch nicht damit abfinden, daß ich inzwischen groß bin.

8. Tag

Ich habe jetzt einen perfekt funktionierenden Körper, und was kann ich damit anfangen? Mir bleibt ungefähr soviel Bewegungsfreiheit wie einem ofenfertig in Plastik verpackten Hühnchen.
Also nee! Es wird reichlich eng hier drinnen. Ich kann mich kaum noch bewegen, nur noch ab und zu einen

Muskel spielen lassen. Und ich stecke in dieser komischen Stellung fest, mit dem Kopf nach unten. Ich wünschte wirklich, ich könnte bald raus hier.

9. Tag

Heute haben sie mir neue Hosen gekauft. »Wo du jetzt so ein kluges, großes Baby bist und den ganzen Tag trocken bleibst, braucht in deinen Hosen doch kein Platz mehr für Windeln oder Trainers zu sein, oder?« Da betonen sie so nachdrücklich, Hosen zu kaufen, die eng um meinen Hintern anliegen, aber bestehen dann darauf, »sie groß genug zum Reinwachsen zu kaufen«. Also, ich kann beim besten Willen keinen Unterschied zu vorher feststellen.

Als sie mich heute ins Bett brachte, ließ sie sich schon wieder über das Wunder meiner Trockenheit aus. »Ist es nicht wunderbar, daß wir keine Windel mehr brauchen«, gurrte sie.

Ich hätte fast gesagt: »Ich weiß, daß **ich** keine mehr brauche, aber mir war nicht klar, daß **du** sie noch trägst«, hielt dann aber doch den Mund.

Und sie fuhr fort: »Es ist so schön, daß du trocken bist, ehe das Neue Baby kommt.«

12. Tag

Also nee! Neun Monate hier unten läßt das Leben eines durchschnittlichen Goldfischs dagegen aufregend und spannend erscheinen.
Jetzt könnte ich wirklich rauskommen. Ich bin soweit. Ich könnte mich schon durchschlagen.
Worauf warten wir noch? Wo-hoo-rauf warten wir noch? Wo-hoo-rauf wa-haar-ten wir no-hooch?

16. Tag

Meine Mama ist nicht die einzige, bei der eine Schraube locker ist. Heute bewies mein Papa, daß auch bei ihm nicht mehr alles richtig tickt.
Sie wird immer fauler – kommt kaum noch vor dem Mittag nach unten, und daher überwachte er mich beim Frühstück. Und ich aß ein Ei.

Ich mag Eier aus zwei Gründen.
Erstens, man kann auf sie oben mit einem Löffel einschlagen. Wenn man's genau nimmt, sind sie die einzigen Sachen, auf die ich mit einem Löffel einschlagen darf. Meine Eltern haben sich immer äußerst ungnädig gezeigt, wenn ich **sie** mit einem Löffel bearbeitete. Auch Klein-Einstein war wenig erfreut davon, als er das letzte Mal hier war.
Zweitens, Eier sind eine wunderbar klebrige Masse, und man kann das Eigelb überall hinschmieren.
Na jedenfalls, heute morgen führte mein Papa bei meiner frühstücklichen Eiernummer eine Neuigkeit ein. Er machte Toast, schmierte Butter drauf und schnitt ihn in schmale Streifen. »Guck mal«, sagte er. »Weißt du, was das sind? Das sind Soldaten. Es sind Soldaten, die du in dein Ei eintauchen kannst.«
Ich hielt das für eine gute Idee. Mit Hilfe eines Soldaten gewinnt die Reichweite beim Eigelbschmieren und -schleudern um ein Vielfaches. Heute morgen traf ich die Katze direkt ins Auge.

Später am Tag verkleidete ich mich. Ich stülpte mir einen kleinen grünen Plastikhelm auf den Kopf und schlang mir dieses tolle Plastikmaschinengewehr, das mir jemand geschenkt hat, über die Schultern. (Meine Mama will von solchem Spielzeug nichts wissen. Sie sagt, es fördere nur die Gewalt. Papa, auf der anderen Seite, findet es gut. Und wenn sie sich nicht mal aus dem Bett schwingen kann, dann hat sie auch nicht das Recht, mir ihren pädagogisch korrekten Moralkodex aufzuzwingen, oder?)
Na jedenfalls, ich kam in die Küche gerannt, wo er gerade versuchte, die Zeitung zu lesen. Ich richtete das Maschinengewehr auf ihn und drückte ab, und es machte dieses Ra-ta-ta-ta, wie ich es im Fernsehen gehört hatte. (Meine Mama versucht ebenfalls zu verhindern, daß ich Sachen im Fernsehen sehe, die sie für gewalttätig hält, aber sie kämpft auf verlorenem Posten. Jeder Zweijährige mit einer Fernbedienung kann zu fast jeder Tages- und Nachtzeit in einem der vielen Programme jemanden finden, der gerade in einem Kugelhagel zerrissen wird.)
Mein Papa schaute von seiner Zeitung auf und sagte: »Ooh, ich weiß, was du bist. Du bist ein Soldat, nicht wahr?«
Also wirklich! Wenn ich mich als einen Streifen Buttertoast verkleiden will, dann verkleide ich mich wie einen Streifen Buttertoast.
Manchmal mache ich mir wirklich Sorgen wegen der Gene, die mir da von zwei Seiten vererbt wurden.

18. Tag

Freiheitsdrang! Genau darunter leide ich. Freiheitsdrang ist das, was Langzeithäftlinge bekommen, wenn der Tag ihrer Entlassung näherrückt.
Und ich bin mir sicher, daß meine Entlassung kurz bevorsteht. Das muß sie einfach.
Doch wie nah? Ich hätte am ersten Tag mit einer Strichliste an der Wand beginnen sollen. Dann wüßte ich jetzt, wo ich stehe (oder schwimme). Nun ist es dafür zu spät.
Sie wissen bestimmt, daß Häftlinge mit Freiheitsdrang vollkommen durchdrehen. Nun, ich drehe langsam aber sicher durch. Ich will hier raus! Bitte, laßt mich raus!

19. Tag

Ich habe eindringlich darüber nachgedacht, ob an der Sache mit dem Neuen Baby doch etwas dran sein könnte, bin jedoch zu dem Schluß gekommen, daß es völlig unmöglich ist.

Aus einem ganz einfachen Grund.
Sie haben schließlich mich. Sie brauchen kein weiteres Kind.
Außerdem würden sie mir das niemals antun.
Sie wird jedoch immer fetter ...

22. Tag

Also diese Enge hier drinnen: da kann ja kein Hund mehr mit dem Schwanz wedeln. Nicht einmal ein Zwergpinscher. Nicht einmal senkrecht. Ja, er könnte sich überhaupt nicht mehr rühren, müßte mit eingeklemmtem Schwanz dastehen.
Ich halte das nicht mehr aus. Was zuviel ist, ist zuviel.

23. Tag

Glupschi ist jetzt wieder ohne Verband, aber nur noch von der Größe eines Kekses. Er liegt mir mehr am Herzen als je zuvor.

25. Tag

Immer wieder fangen sie davon an. Sie erzählt mir dauernd, daß sie demnächst für ein paar Tage weggehen wird und daß sie, wenn sie zurückkommt, etwas ganz Aufregendes mitbringen wird. Beim ersten Mal hat sie tatsächlich mein Interesse geweckt. Ich dachte, sie meinte damit, daß sie mir den 700-DM-Super-Mega-CD-Blaster kaufen würde, der mir letztes Weihnachten schmählich verweigert worden war.
Aber nein. Das Ding, das sie als aufregend bezeichnete, war ein Neues Baby. Langsam ist es wirklich nicht mehr witzig.

26. Tag

Sie bewegt sich ja dermaßen langsam durchs Haus. Ich habe schon Elefanten gesehen, die sich flinker bewegt haben – und schlanker waren.

31. Tag

Länger halt ich das nicht mehr aus. Ich muß einfach etwas tun.
Vielleicht, wenn ich anfange, da unten ein bißchen mehr zu drücken …

Zweiunddreißigster Monat

1. Tag

Ich wachte heute morgen auf und hatte den Schock meines Lebens. Wie gewöhnlich wackelte ich ins Schlafzimmer meiner Eltern, und was fand ich dort vor – meine Großeltern in ihrem Bett! Mamas Mama und Papa – im Bett meiner Eltern!

Igitt. Das ist die Art von Erlebnis, die bei einer empfindlichen jungen Seele bleibenden Schaden hinterlassen kann. Wer kann sagen, welches spätere asoziale Verhalten meinerseits auf diese unangenehme Überraschung zurückzuführen sein wird?

Aber schlimmer noch war, daß meine Großeltern beide schliefen. Mit offenem Mund. Schnarchend. Igitt. Und auf dem Nachttisch neben meinem Großvater

stand ein Glas Wasser mit einem Gebiß drin. Kann er sich keinen Goldfisch leisten?
Ich gab einen ungeheuren Wehschrei des Entsetzens von mir. Damit waren sie ordentlich wach.
In Sekundenschnelle hatte mein Großvater die Zähne aus dem Glas geholt und in den Mund gesteckt. Vielleicht war es gar nicht so schlecht, daß sie sich keinen Goldfisch leisten konnten.

Jetzt ist es bald vorbei. Es muß *bald vorbei sein. Irgendwo muß es doch einen Ausgang geben. Oder nicht?*

Meine Großeltern haben den ganzen Tag versucht, mich zu unterhalten. Und ziemlich erfolglos, muß ich sagen. Sie schienen nicht ganz bei der Sache zu sein. Meine Großmutter konnte sich überhaupt nicht konzentrieren. Sie starrte dauernd zum Telefon.
Ihr alter Herr war auch nicht viel besser. Er nahm mich mit zur Schaukel, aber er ist ein überängstlicher Anschubser. Ich liebe es, so richtig mit Power in den Himmel zu schießen, doch er stieß mich so sanft an, als säße ich in einer Babyschaukel. Sehr enttäuschend.

Also, da wäre ich. Nach allem, was ich in den letzten neun Monaten durchgemacht habe, habe ich eine Entschädigung verdient!

Am späten Nachmittag klingelte schließlich das Telefon. Ich saß auf dem Boden und spielte mit der Katze.

(Na ja, die Katze hätte es wahrscheinlich nicht »spielen« genannt. Ich hatte ihren Kopf im Würgegriff und bemalte ihr Gesicht mit Farbe. Meine Eltern hätten das nie zugelassen, aber meine Großeltern waren so beschäftigt, daß sie es nicht sahen. Es hat doch auch Vorteile, sie im Haus zu haben.)

Anscheinend war das der Telefonanruf, auf den meine Großeltern gewartet hatten. Sie stellten sich ja dermaßen an deswegen. Meine Großmutter brach in Tränen aus, und ihr alter Herr sah auch aus, als hätte er nah am Wasser gebaut.

»Das Baby ist da! Das Baby ist da!« sagte meine Großmutter immer wieder zu mir.

»Und Mutter und Kind sind wohlauf!« fuhr sie fort.

War mir doch schnurzpiepegal.

»Ach, ist das nicht wunderschön!« gurrte sie. »Nun hast du jemand Neues zum Spielen!«

Ich stieß der Katze den Malstift ins Auge, um zu zeigen, was mit meinen Spielkameraden passiert.

Uii. Die weinen hier draußen aber ganz schön viel. Dem Wohnmobil laufen die Tränen übers Gesicht, und der Typ, der bei ihr ist, scheint auch nicht viel besser zu sein. Wenn so das Leben aussieht, dann kann ich nur sagen, daß ich bisher wenig beeindruckt bin.

Meine Großeltern hatten mich ungefähr um 21 Uhr endlich im Bett. (Ich machte es ihnen nicht leicht. Schließlich kenne ich meine Pflichten als Quälgeist.) Morgen wollen sie mit mir ins Krankenhaus gehen, um das Neue Baby zu besichtigen.

21.15 Uhr: Ganz schön hungrig. Ich glaube, ich hänge mich an eine dieser hübsch saftigen Brustwarzen.
21.30 Uhr: Schon wieder hungrig. Zeit für eine weitere Füllung.
21.45 Uhr: Immer noch hungrig. Mehr! Mehr!
Und so weiter und so fort, die ganze Nacht durch. Damit

habe ich klargemacht, wer in dieser Beziehung der Boß ist. Es wird ihr noch leid tun, sich für die Fütterung nach Bedarf entschieden zu haben.

2. Tag

Als ich heute morgen aufwachte, waren sowohl mein Vater als auch meine Großeltern da. Er sah völlig verkatert aus. Geschieht ihm recht.
Er sagte mir den Namen, den sie dem Neuen Baby gegeben haben. Ich kringelte mich vor Lachen und konnte mich nicht mehr einkriegen. Armes kleines Ding. Hi-hii. Und da heißt es, es gäbe keine Gerechtigkeit. Hi-hii.

Mir ist gerade klargeworden, daß dieses lächerliche Wort, das sie dauernd sagen, der Name ist, mit dem sie mich für den Rest mein Lebens belasten wollen. Das kann doch wohl nicht ihr Ernst sein!

Nachmittags nahmen sie mich mit ins Krankenhaus, um das Neue Baby zu besichtigen.
Soviel Lärm um nichts. Und absolut lächerlich. Es ist ganz offensichtlich ein in ein Tuch gewickelter Fleischklops. Häßliches kleines Ding. Mama und Papa versuchten immer wieder, mein Interesse darauf zu lenken, aber was um Himmels willen ist schon interessant an einem Fleischklops?
Sie erzählten mir, das Baby habe ein Geschenk für mich, und überreichten mir dieses riesige, sorgfältig verpackte Paket. Hurra, dachte ich, sie haben endlich ihren Fehler eingesehen.
Es war eine Spielzeugeisenbahn. Ich war ein wenig enttäuscht. Ich meine, eine Spielzeugeisenbahn ist ja nicht schlecht, aber sie ist schließlich kein 700-DM-Super-Mega-CD-Blaster, oder?
Und was soll dieser Schwachsinn, daß es ein Geschenk vom Fleischklops ist? Naja, ich behandelte sie mit der ihnen zustehenden Verachtung. Ich meine, der Fleischklops kann **überhaupt** nichts tun. Ich bin mir verdammt sicher, er konnte noch nicht aus seinem Bettchen klettern, rüber zu Toys 'R' Us pilgern, die Spielzeugeisenbahn aus dem Regal nehmen, zur Kasse gehen, eine Kreditkarte zücken ... Tut mir leid, das glaube ich einfach nicht.
Meine Eltern sind schrecklich scharf darauf, von uns beiden ein Foto zu machen. Das ist sehr merkwürdig. Irgendwie scheint die Ankunft des Fleischklopses bei meinem Papa die Fotografierwut ausgelöst zu haben. Der Fotoapparat klebt ständig an sei-

nem Auge. Der Fleischklops denkt bestimmt, er hat ein rechteckiges, schwarzes Gesicht mit einem Objektiv als Nase und einem Sucher anstelle von Augen.

Na, jedenfalls verbrachte er den ganzen Nachmittag damit, den Klumpen in seiner Decke zu knipsen. Ich weiß nicht, warum er sich die Mühe machte. Die Fotos werden alle genau gleich aussehen. Vielleicht hat er vor, mit ihnen später mal eine Avantgarde-Ausstellung zu veranstalten. Identische Fotos, mit Titeln wie »Fleischklops Nummer eins«, »Fleischklops Nummer zwei«, »Fleischklops Nummer drei« usw. Ich kann mir keinen anderen Grund denken, warum er sie sonst alle hätte machen sollen.
Aber er war schrecklich scharf darauf, eins zu machen, auf dem ich das Ding da halte. Und sie auch. »Wäre es nicht reizend«, sagte sie wieder und wieder. »Du, der Große, und auf deinem Schoß das Kleine – ein kostbares Erinnerungsstück fürs ganze Leben.«
Wie bitte? Sie hat eine komische Vorstellung von

meinen Prioritäten, wenn sie glaubt, ich würde so was als Kostbarkeit aufheben.
Aber ich bin ja eine tolerante Seele von einem Menschen. Wenn es sie denn glücklich macht, dachte ich, dann bricht es mir auch keinen Zacken aus der Krone. Und es dauert ja nicht lange. In ein paar Tagen ist sie wieder zu Hause, der Fleischklops bleibt im Krankenhaus, wo er hingehört, und das Leben nimmt wieder seinen normalen Gang.
Also setzte ich mich gehorsam auf einen Stuhl, während sie den dick eingewickelten Klumpen aus seinem Bettchen nahmen und ihn auf meinen Schoß plumpsen ließen. Ich ließ ihn dort liegen. Ich hatte keine Lust auf unnötigen körperlichen Kontakt mit dem Ding.
»Nun komm schon, du mußt das Kleine umarmen. Du willst doch nicht, daß es runterfällt, oder?«
Ah, gar keine schlechte Idee ... Ich wackelte mit den Knien, aber mit einem Sprung schnappte er das Bündel auf, ehe es runterfiel.

»Nun komm schon, leg die Arme um das Kleine. Sei nett zu ihm.«

Also gut, also gut. Ich legte die Arme um den Fleischklops und drückte zu.

»Nein, nicht so fest, nicht so fest!«

Gehorsam lockerte ich den Griff und betrachtete das Ding in meinen Armen leidenschaftslos. Wie ein Baby sah es nun wirklich nicht aus. Oder jedenfalls nicht wie ich. Keine besonders einnehmenden Züge. Eigentlich gar keine Züge. Zerknautschtes Gesichtchen. Ich habe schon Dörrpflaumen gesehen, die hübscher waren.

Außerdem roch es. Zum Teil roch es nach Apotheke. Aber daneben schwang ein anderes, weniger angenehmes Aroma mit.

»Jetzt«, sagte der Fotoapparat mit Gesicht, »schau her zu Papa und zeig mir ein hübsches breites Lächeln.«

Nein, tut mir leid. Irgendwo muß die Grenze sein. Ich war ein Vorbild an Kooperation gewesen. Hatte das Ding berührt. Hatte es nicht fallenlassen. Hatte es

nicht zu fest gedrückt. Aber lächeln war nun wirklich zuviel verlangt.

»Ach, was machst du denn für ein ernstes Gesicht?« sagte sie.

Und vollkommen berechtigterweise. Dies war eine extrem ernste Angelegenheit. Ich sah keinen Grund zur Fröhlichkeit.

Er knipste ständig weiter, wobei er einige der albernen Geräusche von sich gab, die mich in der Vergangenheit immer zum Lachen brachten, aber diesmal blieb ich standfest. In seiner Ausstellung wird »Fleischklops mit Quälgeist« den Ernst des Augenblicks in vollkommener Weise zum Ausdruck bringen.

Während dieser Fotosession sagte sie ständig vom Bett aus: »Also, ihr beide werdet doch gute Freunde werden, nicht wahr?«

Was?! Ich und der Fleischklops? Freunde? Das soll wohl ein Witz sein!

Nach einer Weile ging er mit mir nach Hause. Er entschuldigte sich langatmig, daß ich nicht länger bleiben könne, aber mir war es schon lang genug gewesen. Auf dem Heimweg hielt er unterwegs an und kaufte mir ein Eis. Ein schwacher Trost bei dem, was ich alles hatte ertragen müssen.

Und ich hatte es bald über, mit der Eisenbahn zu spielen. Mein Papa baute alles auf, und wir spielten ein paar Minuten lang. Dann wurde mir klar, daß der Zug nichts weiter tat, als im Kreis zu fahren, verlor das Interesse und zog ab, um Fingerfarbe in die Wasserschale der Katze zu schütten.

Als ich nach einer Stunde zurück ins Wohnzimmer kam, lag er immer noch der Länge nach auf dem Fußboden und spielte mit meiner Eisenbahn. Er ist ja noch so was von kindisch.

Langsam habe ich genug davon, daß sie dauernd weg ist. Kann es kaum erwarten, daß sie zurück nach Hause kommt und den Fleischklops im Krankenhaus läßt, wo er hingehört.

Heute nachmittag brachten sie einen fiesen kleinen Jungen mit ins Krankenhaus, damit er mir seine Ehrerbietung erwies. Häßliches kleines Ding, ein richtiger Hosenmatz. Sie versuchten, seine Aufmerksamkeit auf mich zu lenken. Kann mir nicht vorstellen, warum. Der Fratz schien überhaupt kein Interesse an mir zu haben. Was mir nur recht ist. Das Gefühl beruht auf Gegenseitigkeit.

Doch das ist auch nicht weiter wichtig. Wir werden uns sowieso nie mehr wiedersehen.

3. Tag

Heute kam sie aus dem Krankenhaus nach Hause – und hatte doch tatsächlich den Nerv, den kleinen Fleischklops mitzubringen! Also, ein Scherzchen in Ehren kann niemand verwehren, aber das geht zu weit.
Was ist hier los?
Er und sie zeigten jedoch unheimliches Interesse an ihm, und deshalb machte ich ihnen zuliebe mit. Aber nach zehn Minuten war mir ja so was von langweilig. Ich meine, sämtliche Spielzeuge langweilen mich nach zehn Minuten, und die sind weitaus interessanter als der Fleischklops. Spielzeuge geben wenigstens Geräusche von sich oder blinken, wenn man auf einen Knopf drückt. Soweit ich sehen konnte, gibt es am Fleischklops keine Knöpfe.
Also sagte ich nach zehn Minuten: »Hause«, was heißen sollte: »Ja, das reicht. Ihr könnt es jetzt nach Hause bringen.«
Meine Eltern mißverstanden mich völlig, wurden nur entsetzlich schmalzig und sagten: »Ja, unser Neues Baby ist jetzt zu Hause.«

Ich nehme an, später wird jemand vom Krankenhaus kommen und es abholen.

Hier soll ich also in Zukunft leben, ja? Nicht ganz mein Geschmack, ihre Inneneinrichtung, muß ich schon sagen. Dieses Bettchen mit all seinen Rüschchen und Volants sieht aus wie die Kreation eines wildgewordenen Zuckerbäckers. Und was diese geschmacklosen Häschen auf der Tapete angeht ... igitt! Ich kann nur hoffen, daß dies eine vorübergehende Unterkunft ist. Es ist ein wenig anspruchsloser, als ich mir vorgestellt habe.
Außerdem ist aus irgendeinem Grund dieser Hosenmatz hier. Ich hoffe, auch das ist nur vorübergehend. Nehme doch stark an, daß er irgendwo anders wohnt. Dann sollte er sich schleunigst dorthin begeben.

Unglaublich! Nach dem Abendessen ging sie nach oben und kam wieder runter ... mit dem Fleischklops auf dem Arm! Das ist wirklich das letzte. Er ist immer noch hier!

Unglaublich! Nach meinem Mittagsschläfchen kam sie und trug mich hinunter ins Wohnzimmer, und wer lümmelte da vor dem Fernseher, als wär er der große Obermacker ... dieser ekelhafte kleine Fratz. Das ist wirklich das Letzte.
Das kann nur zu Problemen führen. Meine Eltern müssen sich klarmachen, daß ich das einzig Wichtige in ihrem Leben bin. Ich kann nicht zulassen, daß ihre Aufmerksamkeit durch andere Kinder abgelenkt wird.

Aber eine Nacht voller herzhaftem Gebrüll sollte sie ihren Fehler einsehen lassen.

4. Tag

Der Fleischklops ist im Gästezimmer untergebracht! Ich nehme an, ich muß ganz einfach geduldig sein. In ein paar Tagen hat sie das Interesse an ihm verloren und wird ihn zurückschicken. Das hat sie schließlich auch mit dem Fitneßgerät und dem Skilanglaufgerät und dem meisten anderen Zeug gemacht, das sie zum Ausprobieren hier hatte.

Ich habe mich anscheinend nicht klar genug ausgedrückt. Also gut. Sie sind selbst schuld! Ich werde dafür sorgen, daß sie auch heute nacht nicht ein einziges Auge zumachen!

10. Tag

Heute morgen fand ich sie im Zimmer des Fleischklopses. Sie wechselte gerade die Windeln. Igitt. Die ganze Windel war voll mit etwas, das wie Milchkaffee aussah.
Es roch jedoch nicht nach Milchkaffee.
Also wirklich, warum behält sie dieses Ding, wenn es doch so was von widerlich ist?

17. Tag

Oh, diese Schmach! Diese Schande!
Meine Eltern haben einen Doppelbuggy gekauft! Und ich soll darin sitzen, festgeschnallt neben dem Fleischklops!

Haben die auch nur die geringste Ahnung, was das für mein Image bedeutet?

22. Tag

Heute morgen gingen wir einkaufen. Und aus einem mir unerfindlichen Grund nahm sie den Hosenmatz mit. Warum bloß? Hier ist irgendwas Merkwürdiges im Gange. Welchen unheilsamen Einfluß übt das kleine Monster auf meine Mama aus? Vielleicht steht es mit dem Satan im Bunde. Das würde auf jeden Fall sein Aussehen erklären.

Meine übliche Supermarktnummer litt diesmal darunter, daß sie darauf bestand, daß der Fleischklops mit uns kam.
Seit neuestem habe ich es mir angewöhnt, an den Regalen entlangzugehen und Sachen rauszuziehen, Dosenstapel umzuwerfen, gegen die Einkaufswagen von Rentnern zu stoßen usw. Wenn ich dann müde werde, jammere ich, bis sie mich hochhebt und in ihren Einkaufswagen setzt. Von diesem Hochsitz aus kann ich eine wunderbare Unordnung mit all den Sachen anrichten, die sie schon in den Wagen gelegt hat.
Doch heute lief es nicht wie gewohnt. Statt einen Einkaufswagen mit Sitz zu nehmen, wählte sie einen

mit einer Art Wiege. Und dahinein legte sie den Fleischklops.
Ich mußte die ganze Zeit im Supermarkt **laufen**.
Schlimmer noch, ich konnte nicht meine übliche Zerstörungswut in den Regalen ausleben. Denn sie hat ein neues Folterinstrument angeschafft, das unter der Genfer Konvention, da bin ich mir sicher, verboten wäre. Ich habe es schon bei anderen gesehen, aber bei mir hat sie es noch nie ausprobiert. Es sind im Grunde Handschellen, und die schränken meinen Handlungsspielraum doch enorm ein.
Es hat an dem einen Ende eine Art Armband, das um ihr Handgelenk gelegt wird – oder um den Einkaufswagen – und ein Armband am anderen Ende, das um mein Handgelenk geschnallt wird. Dazwischen befindet sich eine geringelte Schnur.

Was macht sie da mit mir? Wie kann ich ihr klarmachen, daß ich kein Telefon bin?

Auf dem Rückweg vom Supermarkt schlief ich ein, und als wir nach Hause kamen, muß sie mich im Kinderwagen

im Flur stehen gelassen haben. Dort wachte ich jedenfalls auf.
Man stelle sich meinen Schock vor bei dem, was ich als erstes hörte: Sie las laut vor. Sie saß doch tatsächlich im Wohnzimmer und las diesem Fratz etwas vor! Es schien irgend so eine schwachsinnige Geschichte zu sein von einem Kaninchen, das mit dem Bus fährt.
Das konnte ich ja wohl nicht tolerieren, oder? Und so stieß ich einen zornigen Schrei aus.
Das muß man ihr lassen, sie kam sofort und holte mich. Aber dann besaß sie doch den Nerv, mich ins Wohnzimmer zu tragen, sich mit mir direkt neben den Fratz aufs Sofa zu setzen und zu fragen: »Möchtest du unsere hübsche Geschichte auch hören?«

Das sollte wohl ein Witz sein! Ich tat das einzige, was der Situation angemessen war. Laut, stinkend und prustend machte ich meine Windel voll.
Es funktionierte. Das Geräusch oder die zunehmende Feuchtigkeit auf ihrem Arm hätte sie ja noch ignorieren können, aber beim Geruch hörte es auf.

Mit dem Aufschrei: »Du schaust dir das selbst zu Ende an, während ich das mit Babys Windel in Ordnung bringe«, warf sie dem Hosenmatz das Buch zu, und in Sekundenschnelle hatte sie oben meine Windel gewechselt.
Ich würde sagen, eins zu null für mich.

Mitten in meiner Geschichte ging sie weg, um dem Fleischklops die Windel zu wechseln! Das Kaninchen war gerade in den Bus gestiegen, aber noch nicht abgefahren! Das war nun wirklich die Höhe!
Ich verstand sofort. Der Fleischklops dachte also, er könnte ihre Aufmerksamkeit erheischen, indem er seine Windel vollmachte.
Er benutzte meine Methode, die ich in über zweieinhalb Jahren zur Perfektion gebracht hatte. Ha, dachte ich, dir werd ich's zeigen.
Ich konzentrierte mich ganz doll und schaffte es unter ungeheurer Anstrengung, meinen Windelslip auf spektakuläre Weise zu füllen. (Naja, ein bißchen davon blieb in dem Windelslip hängen, der Rest nicht.)
Bei mir war mehr als ein Kleiderwechsel nötig. Ich war reif für die Großwaschanlage.

23. Tag

Mit dem heutigen Tag erkläre ich jegliche Erziehung zur Sauberkeit für offiziell beendet! Sämtliche Fortschritte der letzten zwei Jahre werden hiermit rückgängig gemacht!
Es war also überhaupt nicht daran zu denken, daß ich die Nacht ohne Windel und trocken überstand.
Naja, ohne Windel schon, aber nicht trocken, und der lieblichste Duft war es auch nicht gerade.
Ich werde der Sieger sein, und je eher der Fleischklops sich das klarmacht, desto besser!

Dreiunddreißigster Monat

2. Tag

Es kann kein Zweifel mehr bestehen; ich fürchte, sie haben wirklich vor, den Fleischklops zu behalten. Sie haben noch mit keinem Wort erwähnt, daß sie ihn dahin zurückschicken wollen, wo er hingehört. Und er nimmt fast ihre gesamte Zeit in Anspruch.
Doch kein Grund zur Sorge. Dies ist mein Terrain, und ich werde keinen Zentimeter davon preisgeben.

Dieser Hosenmatz ist ja immer noch da! Ich habe den schrecklichen Verdacht, daß meine Eltern ihn als dauerhaften Teil der Einrichtung betrachten.
Igitt. Aber kein Grund zur Sorge. Dies ist mein Claim, und der Hosenmatz wird auch nicht einen Millimeter davon erhalten.

5. Tag

Heute morgen kam mir ein ungeheuerlicher Gedanke. Und wenn meine Mama nun recht hatte …? Wenn das, was ich für ihre Hirngespinste hielt, tatsächlich zutraf …? Wenn der Fleischklops wirklich das Neue Baby ist, von dem sie dauernd laberte …

… dann ist dieses entsetzliche kleine Monster ja mein eigen Fleisch und Blut. Igitt. Das hält man ja im Kopf nicht aus.

6. Tag

Heute kam mir ein schrecklicher Gedanke. Angenommen, der Hosenmatz, der den ganzen Tag im Haus herumhängt, gehört tatsächlich hierher …? Angenommen, er ist irgendwie mit ihnen verwandt …? Und schlimmer noch: angenommen, er ist irgendwie mit mir *verwandt …?*

Angenommen – und schlimmer kann es nicht kommen –, er ist mein älterer Bruder?
Igitt! Diese Vorstellung hat mir wirklich auf den Magen geschlagen. Außer allem anderen würde es auch bedeuten, daß in der Gebärmutter, in der ich neun Monate lang fröhlich vor mich hinplanschte, schon vorher jemand gewohnt hat.
Bei diesem Gedanken wurde mir so schlecht, daß ich die Katze vollkotzte.

8. Tag

Heute abend habe ich mitgekriegt, wie sie zu ihm mit dieser besorgten Stimme sprach. Das Thema, das sie so bedrückte, war Geschwisterzank.
Sie muß darüber in einem ihrer Kindererziehungs-

bücher gelesen haben, denn als sie mir einen Gutenachtkuß gab, sagte sie – ohne jegliche Subtilität: »Wir werden eine richtig nette, glückliche Familie sein, nicht wahr? Du wirst auf das Neue Baby doch nicht eifersüchtig sein, oder?«

Natürlich bin ich das nicht. So ein Etwas ist es gar nicht wert, daß man eifersüchtig wird. Ich meine, es kann schließlich überhaupt nichts tun. Es windet sich nur, brüllt wie am Spieß und macht die Windeln voll. Fast könnte mir das kleine Scheißerchen leid tun, aber eifersüchtig ...? Pustekuchen!

Gott sei Dank habe ich nie ein solches Stadium durchgemacht.

Sie verbringt aber wirklich unverhältnismäßig viel Zeit mit dem Fleischklops ... Zeit, die sie mit mir verbringen sollte ...

Jemand – natürlich nicht ich, ich bin viel zu reif dafür –, aber jemand Überempfindliches könnte das Gefühl bekommen, daß ihr mehr an dem Fleischklops liegt als an mir ...

Aber dieser Gedanke ist vollkommen lächerlich ... Oder etwa nicht ... ?

10. Tag

Ich bin gerade den Stapel mit Beute durchgegangen, den der Fleischklops letzten Monat erhalten hat, und dabei sind mir zwei Dinge aufgefallen.

Erstens – es ist weniger als damals, als **ich** die Bühne betrat! Ätsch! Bei meiner Ankunft regnete es Geschenke aus allen Richtungen. Ganze Berge von so Kram.

Beim Fleischklops dagegen … ist es bedeutend weniger. Zum Teil liegt das am Geschenküberdrußsyndrom, und zum Teil – was mich natürlich besonders beglückt – am Zweitgeborenensyndrom. Als ich kam, hatte niemand sich vorstellen können, daß meine Eltern – ein wenig einnehmendes Paar, muß man sagen – fähig wären, etwas so Großartiges wie mich zu zeugen.

Doch als der Fleischklops erschien, waren Aufregung und Überraschung verflogen. Jeder wußte, daß meine Eltern Kinder in die Welt setzen konnten. Schließlich war es ihnen schon einmal gelungen. Und natürlich war der Fleischklops nicht halb so attraktiv wie ich. Er ist wirklich ein häßliches, kleines Ungeheuer.

Als zweites fiel mir bei den Geschenken für den Fleischklops auf, wie kommerzialisiert alles geworden ist. Alles, was das kleine Monster erhalten hat, ist eine Werbung für etwas, das ich im Fernsehen gesehen habe.

Was für eine Weltanschauung wird der arme kleine

Fleischklops bei all dieser kommerziellen Gehirnwäsche entwickeln? Er wird aufwachsen und glauben, daß Züge nicht nur Schornsteine haben, sondern auch Gesichter, daß Briefe von Männchen mit Riesennasen und nicht genug Fingern ausgetragen werden, und daß die Welt von umweltbewußten Tieren, politisch korrekten Indianern und fröhlichen Buckelgreisen bevölkert ist, die alle Liedtexte von Tim Rice singen.
Ich bin froh, daß ich nicht so jung bin wie der Fleischklops. Die jüngere Generation kann einem schon irgendwie leid tun.

13. Tag

Ich bringe es kaum über mich zu erzählen, was sie sich heute geleistet hat. Wie Sie sich erinnern werden, nahm sie mich vor ein paar Monaten mit zu einer Spielgruppe, damit ich es mir mal ansehe. Nun, heute hat sie mich hingebracht, um mich dort aufnehmen zu lassen!
Natürlich fing ich an zu brüllen, sobald wir dort waren. Ich bin eine zarte, empfindliche Seele – man kann doch nicht ernsthaft erwarten, daß ich mich mit diesem Pöbel abgebe. Es wäre ja noch angegangen, wenn sie mich zu den feinen Pinkeln bei Tinkerbell gesteckt hätte, aber dieser Haufen war entschieden gewöhnlich.

»Keine Sorge«, sagte die Oberkindergärtnerin, ein riesiges, muskelbepacktes Mädchen, das unser Land bei der Herzhaftigkeitsolympiade hätte vertreten können. »Die meisten weinen am Anfang, aber dann beruhigen sie sich schnell.«
Hah. Wie ich schon früher gesagt habe, ich stelle mich jeder Herausforderung.
»Und wie steht es mit der Sauberkeit?« fragte Fräulein Frisch-Fromm-Fröhlich-Frei. Das Blut erstarrte mir in den Adern. »Kann schon aufs Klo gehen, oder? Ist tagsüber trocken?«
»O ja«, erwiderte meine Mama, ohne mit der Wimper zu zucken.
Plötzlich fielen ihre Augen auf das, was aus meinem Windelslip sickerte.

Heute morgen hatte ich eine Stunde lang ihre absolut ungeteilte Aufmerksamkeit. Der Fratz war nicht da. Himmlisch. Das wünsche ich mir öfter.
Er kam allerdings zum Mittagessen zurück – und in was für einer Saulaune! Völlig erschöpft. Nachmittags hielt er ein langes Nickerchen, so daß ich eine weitere Stunde lang die ungeteilte Aufmerksamkeit meiner Mama hätte haben können. Doch unglücklicherweise schlief auch ich lange.

Heute nachmittag hielt ich ein Nickerchen und wachte mit einer Saulaune auf. Beschloß, sie an ihr auszulassen.

Nach meinem Schläfchen wachte ich mit einer Saulaune auf. Beschloß, sie an ihr auszulassen.

14. Tag

Ich hatte mich schon darauf vorbereitet, heute morgen eine Riesenszene zu machen, wenn sie mich zur Spielgruppe bringen wollte, aber umsonst. Sie brachte mich nirgendwohin.

Ich bin froh, daß sie es sich so schnell anders überlegt hat. Normalerweise braucht sie dafür immer viel länger. Vielleicht ist ihr endlich klargeworden, was sie schon von Anfang an hätte merken sollen – daß ich nämlich immer recht habe.

15. Tag

Was für ein fieser, hundsgemeiner Trick!
Nachdem sie mich gestern in Sicherheit gewiegt hat, besaß sie heute morgen den Nerv, mich wieder in die Spielgruppe zu bringen. Anscheinend ist es so, daß ich an zwei Vormittagen in der Woche hingehen soll. Dies ist ein erschreckender Übergriff auf die Rechte des Individuums ... naja, zumindest auf meine.
Ich schrie den ganzen Vormittag. Und was mein Toilettenverhalten angeht ... Ich glaube, die Kindergärtnerinnen haben noch nie an einem Tag so viele Flaschen Reiniger verbraucht.

17. Tag

Ich bin nicht der Meinung, daß meine Eltern mir genügend Aufmerksamkeit widmen. Ja, ich bin natürlich die Person, um die sich der gesamte Haushalt dreht, aber sie verbrin-

gen immer noch viel zuviel Zeit mit diesem Hosenmatz. Ich muß mir etwas einfallen lassen.

18. Tag

Ich glaube, ich hab das richtige Rezept gefunden. Jedesmal, wenn ich huste, kommen sie angerannt. Ich sorge dafür, daß sie sich um meine Gesundheit ängstigen. Todsichere Methode.
Daher habe ich mit einer neuen Art des Heulens herumprobiert. Es ist durchdringender als vorher, und zwischen den Brüllern erschaudere und schluchze ich herzzerreißend.
Habe es heute abend zum ersten Mal ausprobiert.

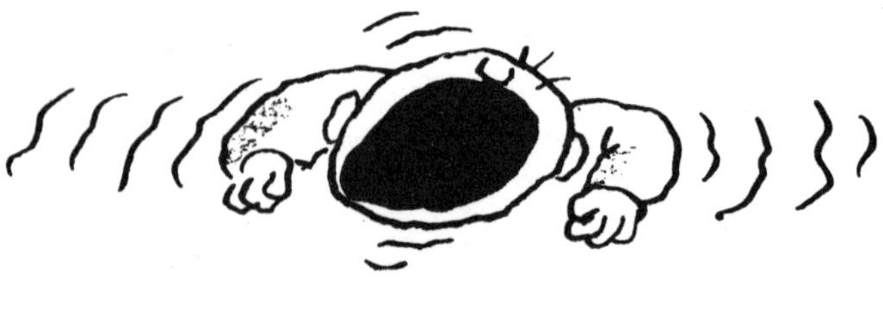

Heute abend las sie mir eine Geschichte vor – diese amüsante Geschichte von dem Kaninchen, das mit dem Bus fährt –, als wir plötzlich dieses entsetzliche Geheul aus dem Zimmer des Fleischklopses hörten.

Sie wurde sofort nervös, aber ich sagte: »Weiterlesen! Weiterlesen!«
Das muß man ihr lassen: trotz des Gejaules von oben las sie die Geschichte zu Ende – bis zum Schluß mit der aufregenden Stelle, an der das Kaninchen wieder aus dem Bus steigt. Aber sobald sie das letzte Wort vorgelesen hatte, schoß sie nach oben, als hätte sie eine Rakete unterm Hintern.
Ich machte mir ein wenig Sorgen. Das Heulen des Fleischklopses war wirklich gut. Es klang wirklich so, als hätte das kleine Monster echte Schmerzen. Ich wußte natürlich, daß dem nicht so war, befürchtete aber, daß sie sich davon täuschen lassen könnte. Mir ist diese Technik, müssen Sie wissen, auch nach zwei Jahren noch in liebevoller Erinnerung.
Ich schlich mich also nach oben und beobachtete verstohlen von außen, was in dem Zimmer des Fleischklopses ablief.

Dauerte ganz schön lang, bis sie sich zeigte. Immerhin schien sie ehrlich besorgt zu sein. Sie hatte diesen paranoiden Blick.
Sie nahm mich aus dem Bettchen, und ich tat so, als wäre ich hungrig, verlor jedoch das Interesse, sobald sie mir die Brust reichte, und fing wieder an zu heulen. Nach meiner neuen Methode natürlich.
Sie schaute mich einen Augenblick lang zweifelnd an. Komm schon, drängte ich sie, das ist doch mindestens ein Wälzen im Kinderpflegebuch wert – wenn nicht ei-

nen Hilferuf an den Arzt. Das klingt doch nun wirklich schlimm, oder nicht?
Doch was macht sie? Sie hat doch tatsächlich den Nerv, mich erst aufzunehmen und dann brüllend wieder ins Bettchen zu legen. Hey, wollte ich rufen, wie kannst du es wagen! Bei diesem Krach solltest du vor Sorge fast vergehen.
Doch sie ließ sich nicht täuschen. Sie ging Richtung Tür und sagte: »Ich weiß, daß du dich nur anstellst, du freches Baby. Nummer eins hat es genauso gemacht. Damals war ich wirklich besorgt, aber diesmal weiß ich, was es ist – reine Ungezogenheit. Schlaf jetzt gefälligst!«
Und sie ging doch tatsächlich hinaus und schloß die Tür!
So was von roh und gefühllos!

Ich hörte, was meine Mama im Zimmer des Fleischklopses sagte. Als sie rauskam, schaute sie auf mich hinunter und sagte lächelnd: »Es gibt Dinge, mit denen Nummer zwei nicht mehr durchkommt.«

Juchhuu! War das eine Freude, dies zu hören. Der Fleischklops wird weitaus raffinierter vorgehen müssen als ich.
Ich als Nummer eins bin mit allem möglichen davongekommen. Aber der Fleischklops wird das nicht mehr können! Hi-hii. Armes kleines Scheißerchen.

21. Tag

Mir ist gerade etwas aufgefallen. Wegen meiner nur mäßigen Fertigkeiten im Windelfüllen – ein gehöriger Anteil sickert hinaus oder landet erst gar nicht in der, sondern neben der Windel – habe ich an einem normalen Tag einen ganz schönen Umsatz an Kleidungsstücken.
Und mir ist gerade aufgefallen, daß viele der Sachen, die mir angezogen werden, NICHT NEU SIND. Ein oder zwei der Kleidungsstücke wurden von Leuten überreicht, die mir in meinen ersten Wochen ihre Ehrerbietung erwiesen, aber das meiste, was mir angezogen wird, ist gebraucht!
Was ist hier los? Man düpiert mich. So arm sind meine Eltern schließlich auch wieder nicht. Warum sollten

sie meine Gliedmaßen in Strampelhöschen stecken, die schon so oft gewaschen wurden, daß man nicht mehr sagen kann, welche Farbe sie einmal hatten?

22. Tag

Heute erhielt ich eine Erklärung, warum sie mich in diese alten Klamotten stecken – und es ist schlimmer, als ich mir vorgestellt habe.
Sie zog mich gerade zum siebzehnten Mal an diesem Tag um, als der Hosenmatz ungebeten in mein Zimmer kam. Er schaute mich, der ich auf der Wickelkommode lag, mit seiner gewohnten Verachtung an, und wie üblich brüllte ich bei seinem Anblick los.
Aber dann sagte sie zu ihm: »Schau doch, Baby trägt diesen hübschen blau-weiß gestreiften Strampler, den du bei deiner ersten Nachuntersuchung im Krankenhaus anhattest.«
WAAS? Schlimm genug, wenn man gebrauchte Kleidung tragen muß, aber gebrauchte Kleidung von DIESEM Pimpf ist wirklich die absolute Höhe!
Bääh! Allein der Gedanke, daß der Hintern des Hosenmatz das Kleidungsstück verdreckt hat, das ich gerade anhabe …
Ha, das Mindeste, was ich tun konnte, war, meine Überlegenheit auf diesem Gebiet unter Beweis zu stellen und

es mehr zu verdrecken, als der Hosenmatz es in seinen kühnsten Träumen vermocht hätte.
Anschließend mußte nicht nur ich umgezogen werden. Mir war ein Dreihundertsechzig-Grad-Rundumschlag gelungen. Auch sie und der Hosenmatz mußten sich komplett umziehen!
Sie werden schon noch lernen, mir mit mehr Respekt zu begegnen!

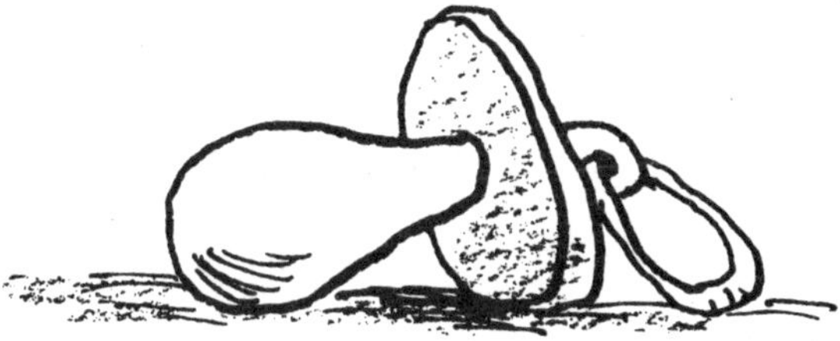

24. Tag

Liebe Mutter, mögest du Vergebung finden!
Ich durfte nie einen Schnuller benutzen. Ich konnte noch so sehr jammern, doch sie blieb standfest und gab nie der Versuchung nach, mir ein Stück Plastik in den Mund zu stopfen, auf dem ich herumkauen konnte. Es war entweder sie oder gar nichts.
Heute wundert es mich, daß sie überhaupt noch Brüste hat; so, wie ich an ihnen herumgeknabbert habe, müßten sie inzwischen eigentlich gezackte Ränder

haben. Aber nein, sie sind noch da – mehr oder weniger intakt. Allerdings hängen sie ein bißchen schlaffer als zu meiner Zeit. Hi-hii.
Beim Fleischklops macht sie plötzlich alles ganz anders. Es ist ja auch solch ein trauriger kleiner Fratz, mit seinem ständigen Weinen, daß ich sie verstehen kann. Die Versuchung, seinen Mund mit etwas zu stopfen, ist so groß, daß sie nun doch auf einen Schnuller zurückgreift. Wenn mir allerdings die Wahl überlassen bliebe, würde ich eine dauerhaftere Methode wählen ...
Vergessen sind sämtliche Prinzipien. Und es scheint ihr vollkommen egal zu sein. Heute morgen hörte ich, wie sie, als sie von einer ihrer pädagogisch korrekten Freundinnen deswegen zur Rede gestellt wurde, sagte: »Ach, um ehrlich zu sein, ich habe einfach nicht mehr die Energie. Es ist etwas völlig anderes als beim ersten Mal. Da hat man von nichts eine Ahnung und geht deshalb mit all diesen hohen Prinzipien, die man aus irgendwelchen Büchern bezogen hat, an die Sache ran. Beim zweiten geht es nur noch ums Überleben. Alles ist recht für ein wenig Ruhe.«
Das hob meine Stimmung beträchtlich. Ganz offensichtlich war mir, als ich ein Baby war, der First-Class-Gold-Star-Service zuteil geworden, während der Fleischklops mit der Touristenklasse vorlieb nehmen muß.
Die prinzipientreue Freundin war schrecklich enttäuscht. »Ich hätte nie gedacht, dich einmal sagen zu

hören, daß eins deiner Kinder einen Schnuller benutzt«, sagte sie vorwurfsvoll.

Äußerst merkwürdig. Sie hat gerade etwas in meinen Mund gestopft. Es ist geformt wie eine Brustwarze, aber ich kann saugen und saugen, so fest ich will, und es kommt einfach nichts heraus.
Außerdem scheint, anders als bei der Brustwarze, der Rest von ihr nicht dranzuhängen.
Lieber Himmel! Hat sie abnehmbare Brustwarzen?
Ich frage mich, welche Körperteile sie sonst noch abschrauben und herumliegen lassen kann. Hmm. Ich hörte, wie er heute abend aus der Küche, wo er den Abwasch machte, rief: »Kannst du mir mal dein geneigtes Ohr leihen?« Ob ihre Arme und Beine auch abnehmbar sind …?
Ist aber eigentlich ganz angenehm zu kauen, diese abnehmbare Brustwarze. Sehr beruhigend.

27. Tag

Heute kam ein neues Kind in die Spielgruppe. Es schrie sich die Lunge aus dem Leib und machte dauernd ein Aa in seinen Windelslip. Wir anderen mußten darüber sehr lachen.
Und das Tollste war … es war Klein-Einstein! Das kleine Ungeheuer, das angeblich jede Entwicklungsphase weit vor mir durchlaufen hat, zeigt endlich sein wahres Gesicht. Er weint und dreckt sich in der Spielgruppe ein! Hi-hii, was für eine Wendung.
Ich werde übrigens schon als der geistreiche Kopf der Spielgruppe anerkannt. Bei einigen meiner Bonmots kringeln sich die Leute vor Lachen auf dem Boden. Und wenn ich mit meinem Hosenbodengeplauder loslege, platzen sie alle heraus. (Äh, um es genau zu nehmen, viele platzen tatsächlich heraus.)

Vierunddreißigster Monat

2. Tag

Ein Gutes hatten die letzten Wochen vor der Geburt des Fleischklopses und die Zeit seither: die »Annäherungsversuche« meines Papas bei meiner Mama haben merklich nachgelassen. Er grapscht immer noch ab und zu an ihr herum, aber ich kann mit Freuden feststellen, daß sie in den letzten paar Monaten gar keine Lust mehr auf diesen Unsinn hatte.

Das ist, was mich betrifft, sehr gut. Ich persönlich finde ja, daß meine Eltern überhaupt keinen Sex haben sollten. Ich meine, natürlich mußten sie es tun, um

die Apotheose ihres Lebens zu erreichen – das heißt, die Zeugung und das anschließende wundersame Erscheinen MEINER Wenigkeit –, aber dabei hätten sie es belassen sollen.

Auf jeden Fall hätten sie aufhören sollen, ehe sie den Fleischklops zeugten. Die Tatsache, daß sie diesen grauenvollen Unfall zuließen, beweist ihren völligen Mangel an Verantwortungsbewußtsein.

Meinem Papa sollte endlich klarwerden, daß er seit meiner Ankunft absolut keine Rechte mehr an meiner Mama hat. Sie gehört mir, einzig und allein MIR.

Es stimmt, im Moment scheint sie nur Augen für den Fleischklops zu haben, aber diese schwerwiegende Verirrung dürfte doch nur vorübergehender Natur sein.

Es gibt jedoch seit neuestem wieder Anzeichen, daß er gern ein wenig herumspielen würde. Ich hörte eine geflüsterte Unterhaltung aus ihrem Schlafzimmer, die einen entschieden lüsternen Touch hatte. Ich habe auch die bedeutsamen Worte »Sechs-Wochen-Nachuntersuchung« gehört.

Daran erinnere ich mich aus der Zeit, als ich sechs Wochen alt war. Sie ging für eine Art Nach-Baby-TÜV ins Krankenhaus zurück. Und so, wie er es ständig erwähnte, war mir klar, daß es ihm sehr viel bedeutete, und es gab den Startschuß für alle möglichen ungezügelten Aktivitäten.

Na, jedenfalls wurde aus den Blicken, die sie einander zuwarfen, als er an diesem Abend heimkam, offensichtlich, daß die »Sechs-Wochen-Nachuntersuchung zufriedenstellend verlaufen war. Und daß für ihn, nachdem grünes Licht gegeben worden war, die Schlafenszeit gar nicht schnell genug kommen konnte.

Hmm ... Da mußte ich mir etwas einfallen lassen.

In letzter Zeit bin ich hinsichtlich meines nächtlichen Theaters ziemlich nachlässig geworden. Ja, natürlich jammere und schreie und streite ich noch herum, um welche Zeit ich ins Bett gehöre, aber wenn ich erst einmal drin liege, bin ich, nach der obligatorischen Beschwerde, ziemlich schnell eingepennt und wache erst am nächsten Morgen wieder auf. Immerhin bin ich an den meisten Tagen vollkommen k.o. Sie machen sich ja keine Vorstellung davon, wie anstrengend das Kleinkindsein ist.

Ich gebe also zu, daß ich meine Eltern in den letzten Nächten viel zu gnädig habe davonkommen lassen und meinem Ruf als ausgewachsener kleiner Quälgeist nicht gerecht geworden bin.

Heute abend war ich, als ich das Funkeln in den Augen meines Papas sah, entschlossen, meine frühere nächtliche Schreinummer wieder aufzunehmen. Wenn er glaubte, in dieser Nacht den Gipfel der Erfüllung zu finden, hatte er sich geschnitten.

Ich dehnte also den Streit übers Schlafengehen so lang wie möglich aus, verlangte nach Geschichten und Videos und Wasser, obwohl ich gar keine Lust darauf hatte, und als sie mich endlich im Bett hatten, war ich fest entschlossen, um nichts in der

Welt einzuschlafen. Ich würde schreien und schreien, bis ... Sssssssssssssssssssssssssssssssssssssss ...

Irgendwas Komisches geht mit meinen Eltern vor. Er hat seit ein paar Tagen einen äußerst verschlagenen Blick. Redet ständig über eine »Sechs-Wochen-Nachuntersuchung« und bricht dann in ein ziemlich zweideutiges Kichern aus.
Ich bin mir nicht sicher, was er im Schilde führt, aber es gefällt mir nicht.
Außerdem berührt er sie in letzter Zeit reichlich oft auf intime Weise. Das gefällt mir auch nicht. Ihr Körper ist mein Eigentum, mit dem ich machen kann, was ich will – bis in alle Ewigkeit. Eindringlinge werden nicht geduldet.
Was sie auch planen, es muß gestoppt werden.
Keine ausgeklügelten Maßnahmen nötig. Der alte Ich-brüll-mir-die-Lunge-aus-dem-Leib-Trick sollte genügen. Denn man los ...

3. Tag

Verdammt. Heute morgen mußte ich doch tatsächlich geweckt werden.
Meine ganzen schlauen Pläne, um sie heute nacht wachzuhalten, waren umsonst.
Aber nach ihren geschwollenen, rotunterlaufenen Augen zu urteilen, sind sie heute nacht wohl auch so nicht zum Schlafen gekommen.
Und aus der schlechtgelaunten Art zu schließen, mit der er die Haustür hinter sich zuschlug, glaube ich nicht, daß es wilde, ungezügelte Leidenschaft war, die sie wachgehalten hat.
Hmm, ich frage mich, was da wohl los war …

Ich schrie durch, bis es Zeit für sie war, aufzustehen, und ließ mich dann in einen tiefen und friedlichen Schlaf sinken. Als ich am späten Vormittag aufwachte und meine arme übernächtigte Mama sagte, wie ärgerlich sie sei, weil sie die ganze Nacht wachgehalten worden war, versuchte ich, sie mit einem Lächeln zu bezirzen. Leider wurde daraus eher ein Rülpser. Sie war entzückt und sagte, es sei unmöglich, auf mich wütend zu sein.
Wenn du dich da mal nicht täuschst, meine Süße. Ich werde in den nächsten Monaten schon dafür sorgen, daß du diese voreilige Bemerkung noch bereuen wirst. Hi-hii.

Ich weiß, was letzte Nacht los war. Sie redete mit dem Fleischklops darüber und sagte, wie ungezogen es

war, sie und den armen Papa die ganze Nacht über wachzuhalten.
Hey, das ist ja großartig. Ich muß nicht länger rund um die Uhr Verhütungsmittel spielen. Der Fleischklops kann mir dabei helfen. Wir können uns in Schichten aufteilen.
Für einen Augenblick erhellte ein sentimentaler Funke meine Seele. Ich sah verschwommen vor meinen Augen, wie ich und der Fleischklops andere Dinge zusammen erledigen ... unseren Eltern gemeinsam das Leben zur Hölle machen ... ja, sogar – ich wage es kaum auszusprechen – Freunde werden ... ?

Ich dachte eine volle Minute lang über diese verführerische Vision nach, ehe mir die angemessene Reaktion darauf einfiel.
Nie im Leben!
Von Anfang an gab es zwischen mir und dem Fleischklops Krieg. Und so soll es auch bleiben.

Seine Ausschreitungen können mir allerdings von Zeit zu Zeit durchaus gelegen kommen.
Heute nacht werde ich dem Fleischklops zum Beispiel wieder die Verhütungsmaßnahmen übertragen. Es ist ein wunderbares Gefühl, wenn andere für dich arbeiten, während du schläfst.
Tja, das ist wirklich Pech, Papa.

6. Tag

Ich bin schon verdammt gut mit den Körperteilen. Ich meine, im Darüberreden, nicht im Benutzen (obwohl – ich bin eigentlich auch schon ganz gut im Benutzen – fragen Sie sie nur mal nach dem geschickten Rückwärtssalto, mit dem ich letzte Woche den Krug mit heißer Vanillesoße umwarf!).
Doch ich beziehe mich hier auf meine linguistischen Fertigkeiten. Ich kann jetzt die meisten Teile bezeich-

nen. »Nase«. »Mund«. »Ohr«. »Auge«. »Bauch«. »Nabel«. »Zeh«. »Finger« ... und »Tahn«.
Ich habe auch eigene Namen für meine eher privaten Teile, aber die müssen Sie schon selbst erraten. Die werde ich hier auf keinen Fall drucken lassen – das hier ist schließlich ein anständiges Buch.
Es stimmt, bei der Aussprache hapert es noch manchmal, und man muß schon die Grundbegriffe des Kleiner-Quälgeist-Kauderwelsch kennen, um zu wissen, wovon ich rede, aber das wird sich mit der Zeit schon geben.
Auf jeden Fall bin ich dem Fleischklops um Meilen voraus. Seine Kommunikationsmittel beschränken sich auf Schreien, Pinkeln, das andere und Kotzen. Wie primitiv.

10. Tag

Die fangen in der Spielgruppe wirklich früh mit Weihnachten an. Es ist erst Oktober, aber die Kindergärtnerinnen haben schon Papierketten mit uns gebastelt. Die muß man auch anmalen. Und zum Malen gehören viele Gläser mit Wasser, die man umwerfen kann, und Farbe, die man überall hinschmieren kann. Die Schwierigkeit besteht natürlich darin, keine Farbe auf das Papier aufzutragen, aus dem die Papierketten gemacht werden, aber auch nicht auf die Zeitung, die auf allen Tischen ausgelegt wurde. Zielgebiete sind die Möbel, der Fußboden, die Kleider der Kindergärtnerinnen – vor allem die von Fräulein Frisch-Fromm-Fröhlich-Frei- und natürlich die Gesichter der anderen Kinder.

Ich kann in aller Bescheidenheit feststellen, daß ich heute morgen verdammt gut darin war, sämtliche obengenannten Ziele mit äußerster Präzision zu treffen. Mancher hat's eben, andere nicht.

Außerdem sprachen sie heute morgen über das »Krippenspiel«. Ich weiß nicht, was ein »Krippenspiel« ist, aber ich kenne Fußballspiele und Kartenspiele und nehme an, es ist so was in der Art.

13. Tag

Mir ist aufgefallen, daß mein Papa, nachdem er nach der Ankunft des Fleischklopses wie ein Irrer mit seinem Fotoapparat zugange war, jegliches Interesse am

Fotografieren verloren hat. Als ich so alt wie der Fleischklops war, war ich schon viel öfter geknipst worden. Auch das ist eine gute Nachricht. Wenn sie in ein paar Jahren zurückschauen, werden sie ein erschöpfendes und gut dokumentiertes Archiv jeder meiner Mienen vorfinden, und das Lebensprotokoll des Fleischklopses wird aus einigen wenigen Schnappschüssen bestehen.
Hi-hii. Das kleine Monster macht schon jetzt Erfahrung mit den Nachteilen des Zweitgeborenensyndroms.

16. Tag

Das gefällt mir gar nicht. Der Hosenmatz erhält viel zuviel von ihrer Aufmerksamkeit. Wenn ich wach bin, gelingt es mir gewöhnlich, sie ganz in Anspruch zu nehmen, aber

wenn ich schlafe, habe ich keine Kontrolle über sie. Kann gut sein, daß sie jede einzelne Minute, die ich schlafe, mit diesem latzbehosten kleinen Ungeheuer verbringt.
Und das Schlimme ist, daß ich zur Zeit viel Schlaf brauche.
Hmm ... Ich muß mir etwas einfallen lassen, wodurch ich ihre Aufmerksamkeit wieder ganz und ausschließlich auf mich ziehe.

17. Tag

Als ich heute morgen endgültig aufwachte (das heißt, nach den vielen Malen, die ich nachts aufgewacht war), wußte ich genau, wodurch ich sie zu meiner Sklavin machen konnte. Ich schenkte ihr mein erstes richtiges Lächeln.
Und zwar direkt nach meiner Morgenfütterung (na ja, einer meiner Morgenfütterungen – mein Fütterungsbedarf ist jetzt so ausgeprägt, daß ich so gut wie ständig am Tropf hänge). Als sie mich von der Brustwarze wegzog, schaute ich sie gewinnend an und lächelte.
»Oh, muttu Bäuerchen machen?« fragte sie.
Also wirklich! Sie ist ja so was von dämlich. Kann sie nicht zwischen Bäuerchen und einem Lächeln unterscheiden?

Ich mußte sie noch mal anlächeln, damit sie es endlich mitbekam.
Beim zweiten Mal war ihre Reaktion dann zugegebenermaßen äußerst befriedigend. »Oh, ein Lächeln, Baby hat gelächelt!« plapperte sie aufgeregt. »Bittu ein großes kluges lächelndes Baby?«
Und sie kriegte sich den ganzen Tag nicht mehr ein. Nahm kaum noch Notiz vom Hosenmatz, eine ausgezeichnete Entwicklung, was mich betrifft. Sie versuchte allerdings, ihn für mein Lächeln zu interessieren. »Guck mal, komm und sieh, wie das Baby lächelt«, sagte sie immer wieder. »Lächle das Baby an, und Baby wird zurücklächeln.«
Der Ausdruck, mit dem der Hosenmatz sein Gesicht verzerrte, konnte beim besten Willen nicht als Lächeln bezeichnet werden. Er sah eher aus wie jemand, der einen Lynchmob auf die Beine zu stellen versucht.
Weil ich wußte, daß es das kleine Monster noch mehr ärgern würde, schenkte ich ihm mein süßestes Lächeln. Es hätte nicht viel gefehlt, und Rauch wäre aus seinen Ohren gequollen! Er brauchte keinen Mob zum Lynchen; er hätte es nur zu gern selbst übernommen.
Das Beste kam jedoch heute abend, als meine vor Ehrfurcht erstarrte Mama meinem Papa von meiner Leistung erzählte. »Wir hatten heute unser erstes Lächeln«, gurrte sie. »Und weißt du was ... das war mehr als zwei Wochen früher als bei dem anderen.«
Triumph, Triumph! Wenn ich weiterhin in meiner Entwicklung schneller bin als mein älterer Bruder, dann wird er sich grün und blau ärgern!

Ha! Ich bekam heute abend mit, wie sie ihm erzählte, daß der Fleischklops zwei Wochen früher zum ersten Mal gelächelt hat als ich. Sie scheinen nicht zu wissen, daß ich früher gekonnt hätte, wenn ich gewollt hätte. Ich hätte es mit zwei Wochen gekonnt. Ich hätte über beide Backen grinsend, »O du lieber Augustin« pfeifend und steptanzend auf die Welt kommen können!

Ich hatte nur keine Lust dazu. Ich plante mein erstes Lächeln sorgfältig für den Augenblick, in dem es die größte Wirkung haben würde. Wie auch bei meinen ganzen anderen Entwicklungsphasen.
Mir gefällt jedoch nicht, woher hier der Wind zu blasen scheint. Werden sie jeden Fortschritt des Fleischklopses mit meinen vergleichen? Muß ich mir jetzt nicht nur den guten alten Klugscheißer Klein-Einstein vorhalten lassen? Droht mir jetzt Konkurrenz im eigenen Haus?

Hmm ... Vielleicht sollte ich einmal ernsthaft über die Fortschritte nachdenken, die ich im Augenblick machen könnte ...? Immerhin will ich in zwei Jahren nicht wie ein Idiot dastehen, nur weil der Fleischklops schneller ist in der Entwicklung.
Ist für mich vielleicht der Zeitpunkt gekommen, mein erstes Atom zu teilen ...? Ein Schachgroßmeister zu werden ...? Im Nahen Osten erfolgreich Frieden zu vermitteln ...?

19. Tag

In der Spielgruppe wurde heute wieder über das Krippenspiel geredet. Anscheinend verkleiden sich dabei alle Kinder als Personen irgend so einer biblischen Geschichte. Klingt nicht gerade überwältigend.

22. Tag

Glupschi ist inzwischen auf die Größe einer Briefmarke geschrumpft.
Ich werde mich nie von ihm trennen.

26. Tag

Wieder ging es in der Spielgruppe um dieses Krippenspiel. Die Leute für die Hauptrollen stehen inzwischen fest, aber für den Ochsen haben sie noch niemanden gefunden.
Anscheinend soll ich die Rolle übernehmen.
Doch ich weiß nicht. Muß mal darüber nachdenken.

Fünfunddreißigster Monat

3. Tag

Heute hat sie beim Fleischklops mit fester Nahrung angefangen. Bei mir hat sie das genau zur gleichen Zeit getan.
Der Fleischklops stellte sich dabei schrecklich an, aber das tut er ja bei allem. Also wirklich, er ist ja noch so ein Baby! Ganz im Gegensatz zu mir mit meiner weltmännischen, gewandten Art.
Doch schließlich verschwand auch die feste Nahrung. Alles verschwindet in dem häßlichen Schlund des kleinen Monsters. Es ist, als hätte man einen zweiten Müllschlucker im Haus.
Das Schlechte an der Essensumstellung des Fleischklopses ist, daß er heute abend seine erste »fest«liche Windel produziert hat. Wow! Mann! Uuuäääh! Eine Stinkbombe ist nichts dagegen!
Ich glaube, das gesamte Haus wird auf alle Zeiten danach riechen.
Ich hoffe bloß, daß kein Diktator im Nahen Osten Wind davon bekommt. Andernfalls würde er wahrscheinlich versuchen, den Fleischklops zu entführen, und ihn in seinem Entwicklungsprogramm von chemischen Waffen einsetzen.

Andererseits könnte ich, wenn ich's mir recht überlege, durchaus mit der Vorstellung leben, daß der Fleischklops irgendwo in der Wüste in einem Labor festgehalten wird …

4. Tag

Hi-hii. Der Fleischklops hat heute erste Erfahrungen mit den Nachteilen fester Nahrung gemacht – dem harten Plastiklätzchen. Unbeweglich in seinem Hochstuhl festgeklemmt und mit dem Ding um den Hals sah der Fleischklops aus, als stünde er am Pranger. Und Leute am Pranger wurden mit verfaulten Lebensmitteln und anderem Zeug beworfen.

Ich versuchte es mit einem Löffel Kartoffelbrei. Er ging daneben und landete auf ihrer – nur selten konsultierten – Kalorienzähltabelle. So'n Pech. Da habe ich nun ein leichtes Ziel direkt vor mir, aber meine Schleudertechnik ist noch nicht genau genug, um daraus Vorteile zu ziehen.
Macht nichts. Übung macht den Meister. Wirst schon sehen, Fleischklops. Der nächste Löffel Kartoffelbrei wird sein Ziel nicht mehr verfehlen.

7. Tag

Ist ja unglaublich, wie viele Windeln der Fleischklops am Tag so verbraucht! Das ist ein ökologisches Katastrophengebiet. Ich kann Ihnen sagen, wenn der letzte Baum im letzten Stück Regenwald gefällt ist, wird außer Frage stehen, bei wem die Schuld zu suchen ist. Die totale Zerstörung der Welt, wie wir sie kennen, wird auf den undichten Hintern des Fleischklopses zurückzuführen sein.

8. Tag

Eines der tollen Dinge bei der Spielgruppe ist, daß man jedes Virus aufschnappt, das herumgeht. Heute fehlten viele Kinder. Anscheinend war es diesmal ein Magenvirus, das herumging.
Bei mir fing der Durchfall ungefähr um 22 Uhr an. Die ganze Nacht mußte sie deswegen alle sechzig Minuten aufstehen. Es braucht nicht extra erwähnt zu werden, daß jedesmal eine komplette Neueinkleidung nötig war …

… und am nächsten Morgen hatte auch der Fleischklops Durchfall. Wir fanden uns in einen netten Rhythmus ein …

9.00 Uhr: Sie mußte mich komplett umziehen.
9.15 Uhr: Sie mußte mich komplett umziehen.
9.45 Uhr: Sie mußte mich komplett umziehen.
10.00 Uhr: Sie mußte mich komplett umziehen.
10.15 Uhr: Sie mußte mich komplett umziehen.
10.30 Uhr: Sie mußte mich komplett umziehen.

… und so ging es den ganzen Tag weiter.
Zum ersten Mal sehe ich in der Anwesenheit des Fleischklopses auch Vorteile. Wenn wir bei einer Sache wie dieser zusammenarbeiten, können wir zu zweit auf jeden Fall eine verheerendere Wirkung haben als allein.
So ganz trau ich der Sache aber noch nicht.

War ganz lustig, meine Zusammenarbeit mit dem Hosenmatz heute. Aber ich werde es nicht zur Gewohnheit werden lassen. Ich trau der kleinen Bestie noch nicht.

15. Tag

Sie bearbeiten mich in der Spielgruppe immer noch, daß ich im Krippenspiel den Ochsen spiele. Anscheinend gehört dazu eine Art Kostümkopf mit Hörnern. Und eine wichtige Zeile Text, der Höhepunkt der ganzen Aufführung. Der Ochse muß »Muh« sagen.

Ich bin für diese Rolle natürlich die Idealbesetzung. Fräulein Frisch-Fromm-Fröhlich-Frei und die anderen geben sich alle Mühe, mich dazu zu überreden, die Rolle anzunehmen. Aber ich weiß nicht.

18. Tag

Heute hatte meine Mama eine neue Idee (na, das wär mal was Neues). »Du wächst jetzt so schnell«, sagte sie

zu mir, »ich glaube, wir sollten festhalten, wie groß du schon geworden bist.«
Soll mir recht sein. Ich bin inzwischen an all den Medienrummel gewöhnt. Jeder meiner Schritte wurde in Bergen von Fotoalben, Videos usw. festgehalten. Wenn sie das Archiv erweitern möchte, bitte. Es wird ganz offensichtlich von Vorteil für die Nation sein, für den Fall, daß zukünftige Historiker über die bedeutenden Persönlichkeiten des 21. Jahrhunderts schreiben möchten.
»Da, schau mal, hier ist ein hübsches Stück Küchenwand«, sagte sie. »Stell dich davor.«
Was um alles in der Welt hat sie denn jetzt vor, fragte ich mich, aber ich tat der armen alten Schrulle den Gefallen und stellte mich mit dem Gesicht zu dem Stück Wand, auf das sie deutete.
»Nein, nein, anders rum. Mit dem Rücken zur Wand.«
Ich drehte mich gehorsam um, und dann tat sie etwas noch Merkwürdigeres. Sie holte ein Lineal und legte es auf meinen Kopf, und dann zog sie einen Stift aus der Tasche.
Ich bewegte mich nach vorn, um besser sehen zu können, was sie tat.
»Nein, nein, bleib, wo du bist. Ich kann es nicht machen, wenn du dich bewegst.«
Ich dachte, wie traurig es doch war, eine komplette Spinnerin zur Mutter zu haben, aber ich stellte mich zurück. Sie rückte das Lineal auf meinem Kopf zurecht … und dann tat sie etwas, was Sie nie erraten … Sie tat etwas äußerst Ungezogenes. Sie hat mir oft

genug gesagt, wie ungezogen das ist, und daher weiß ich, wie ungezogen es ist. Sie kritzelte mit ihrem Stift auf der Wand rum!

»Da«, sagte sie. »Ich habe das Datum danebengeschrieben. Und das machen wir in einem Monat wieder und schauen nach, wieviel du gewachsen bist!« Dann fuhr sie fort: »Schade, daß wir das nicht auch mit dem Neuen Baby machen können, aber wir können das Baby ja nicht gut aufrecht gegen die Wand stellen, oder?«

Ach, ich weiß nicht. Mir fallen da mehrere Möglichkeiten ein, wie man das kleine Monster hochhängen könnte.

19. Tag

Das Leben ist ja so ungerecht! Eltern sind ja so was von inkonsequent!

Als ich heute morgen allein in der Küche herumpusselte, dachte ich, warum überrasche ich sie nicht und zeige ihr, wie sehr meine künstlerischen Fertigkeiten sich weiterentwickelt haben. Nach dem, was sie gestern getan hat, wußte ich, daß das Verbot des Bekritzelns der Küchenwand aufgehoben war. So holte ich meine Wachsmalstifte und bedeckte alles in meiner Reichweite mit einer wunderschönen, leuchtenden impressionistischen Darstellung von Seerosen, Teichen und Flüssen, ganz im Stil von Monet.

Doch wird mir Dankbarkeit zuteil? Von wegen!

Statt mich zu beglückwünschen und das Stück Wand sofort zum Nationalmuseum zu befördern, fiel sie wie eine wilde Furie über mich her.

Sie hatte sogar den Nerv, mir eine Ohrfeige zu verabreichen! Eine Ohrfeige! Jetzt bin ich tagsüber wieder in Nach-Fleischklops-Trauma-Streß-Windeln. Die Ohrfeige hat nicht wirklich weh getan, aber darum geht's gar nicht. Hier geht es ums Prinzip.
Das war ein Eingriff in meine Bürgerrechte. Ich werde sie dafür bis vor den Europäischen Gerichtshof für Menschenrechte zerren.

20. Tag

Durch diese Sache mit der Markierung an der Wand wurde ich auf das Thema Wachsen gebracht, und da mache ich mir schon ein bißchen Sorgen.
Ich wachse ja normal, aber in den vergangenen Monaten waren es nur ein paar Zentimeter. Der Fleischklops dagegen ... seit sie ihn vor drei Monaten oder so im Krankenhaus gefunden und nach Hause gebracht hat, ist er mindestens doppelt so groß geworden.
Wenn er in dieser Geschwindigkeit weiterwächst, ist er bald größer als ich. Und wenig später wird er nicht mehr ins Haus passen.
Kein Wunder, daß ich mir Sorgen mache.

22. Tag

Ich habe schließlich nachgegeben und mich einverstanden erklärt, im Krippenspiel die Rolle des Ochsen zu übernehmen. Die Erleichterung auf dem Gesicht von Fräulein Frisch-Fromm-Fröhlich-Frei, als ich »ja« sagte, war wirklich erbarmungswürdig.

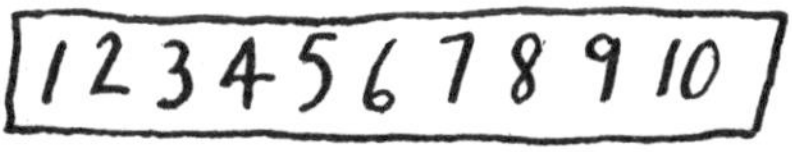

24. Tag

Heute vormittag in der Spielgruppe haben Fräulein Frisch-Fromm-Fröhlich-Frei und die anderen Kindergärtnerinnen wieder mit uns Zählen geübt. Davon können sie gar nicht genug bekommen. Überall an den Wänden sind Streifen mit Zahlen, und viele der Spielzeuge sind mit Zahlen bedeckt. Die Kindergärtnerinnen scheinen eine Heidenangst zu haben, daß wir in die Welt hinausgehen, ohne rechnen zu können.

Ich versteh ihre Bedenken wirklich nicht. Die Erwachsenen, die ich kenne, scheinen die primitivsten Rechengrundlagen auch nicht zu beherrschen, und sie haben trotzdem keine Schwierigkeiten im Leben. Meine Mama kann zum Beispiel nicht zählen. Wie oft habe ich schon gehört, wie sie, wenn er möchte, daß sie ins Bett kommt, zu ihm sagt: »Komme gleich, nur noch fünf Minuten.« Und dann schläft sie vor dem Fernseher ein und zwar für weitaus länger als fünf Minuten.

Mein Papa ist genauso schlimm. Wenn er im Pub ist – oder sogar zu Hause – und jemand ihn fragt: »Noch ein Bier?«, dann antwortet er jedesmal: »Ja, gut, aber nur noch das eine.«

Aber dabei bleibt es nie! Er kann nicht die Bohne zählen. Wenn er »nur noch das eine« sagt, meint er mindestens drei.

Wenn es also bei den Erwachsenen egal ist, sehe ich nicht ein, warum wir uns in unserem Alter damit abplagen müssen.

Und die Kindergärtnerinnen brauchen sich wegen mir sowieso keine Sorgen zu machen. Ich kann schon zählen. Das könnten Sie auch, wenn Ihre Hände und Füße so oft Opfer von Zählspielen gewesen wären wie meine.

Nahezu jede Nacht seit meiner Geburt müssen meine Zehen die uralte Einschlafnummer mit »dies kleine Schweinchen ging zum Markt« über sich ergehen lassen. Höchst merkwürdig. Ich habe es nie richtig verstanden. Ich meine, ich verstehe die Wörter, aber was ist der große universale Sinn dahinter?

Was, so frage ich mich, passiert später im Leben mit den einzelnen Zehen? Müssen wir davon ausgehen, daß der »Blieb-zu-Hause« unter Platzangst litt? Wird der »Aß-Roast-Beef« BSE bekommen und den Löffel abgeben müssen? Können wir davon ausgehen, daß der »Aß-nichts-davon« Vegetarier war?

Die einzige Zeile, aus der ich schlau wurde, war die

mit dem, der »Pi-pi-pi machte, bis er zu Hause war«. Jeden Abend, wenn wir diese Stelle erreichen, folge ich nur zu gern seinem Beispiel.

Na jedenfalls, diese Indoktrination bedeutet, wie gesagt, daß ich zählen kann. An den Händen geht es noch besser. Es ist kinderleicht, ein Klacks. Man zählt einfach an den Fingern ab. »Eins – zwei – drei – vier ...« Dann kommt der knifflige Teil. Man muß daran denken, daß der letzte kein Finger ist. Nein, es ist ein Daum.

Es geht also »eins – zwei – drei – vier – daum«.

Wirklich kein Kunststück. Ich kann bis daum zählen.

29. Tag

Heute haben wir in der Spielgruppe einen Zählreim gemacht. Und Fräulein Frisch-Fromm-Fröhlich-Frei, die uns vorsang, machte es falsch.
Sie wollte, daß wir singen:
»Eins – zwei – drei – vier – fünf –
zeigt her eure Strümpf.«
Das ist natürlich Quatsch. Weiß wirklich nicht, wo sie das mit der Fünf her hat. Es müßte heißen »Eins – zwei – drei – vier – daum«.
Ich zerbrach mir den Kopf, warum sie uns wohl absichtlich in die Irre leiten wollte. Dann wurde es mir klar. Es ist Zensur. Sie wollen uns nicht die richtige Version des Lieds beibringen, weil sie es für wohlerzogene kleine Dinger wie uns nicht für richtig halten.
Ich hatte bald raus, wie das Lied eigentlich geht. Alles hängt am Reim. Die Originalversion muß so gelautet haben:
»Eins – zwei – drei – vier – daum –
der Tante wird der Po verhaun.«
Aber sie wollen natürlich nicht, daß wir so etwas singen.

Sechsunddreißigster Monat

4. Tag

Die Kindergärtnerinnen haben alle anderen Spielgruppenaktivitäten aufgegeben, um sich ganz und gar auf die Proben für das Krippenspiel zu konzentrieren. Die Aufregung der Kleineren ist wirklich rührend.
Zum Beispiel das Mädchen, das die Maria spielt. Sie hält sich sowieso schon für etwas Besonderes, aber das hier ist ihr jetzt vollends zu Kopf gestiegen. Sie glaubt, wir führen ein Spiel über ein Mädchen namens Maria auf, das ein Kind hat. Eigentlich süß. Denn natürlich weiß jeder, daß in Wirklichkeit der Ochse im Mittelpunkt steht.
Habe heute mein »Muh« geprobt. Alle waren beeindruckt. Wahres Talent läßt sich eben nicht unter den Scheffel stellen.

8. Tag

Riesengelächter heute bei der Probe des Krippenspiels. Ich bekam meinen Einsatz, um »Muh!« zu sa-

gen, aber statt es zu sagen, ließ ich meinen Hosenboden reden! Laut und deutlich.
Alle kringelten sich am Boden!

9. Tag

Heute vormittag kam eine Freundin von ihr, die auch ein Neues Baby hat, auf eine Tasse Kaffee vorbei. Die beiden Mamas versuchten, sich gegenseitig auszustechen, jede wollte beweisen, daß ihr Kind hübscher oder klüger oder weiter entwickelt war als das andere.

Meiner Meinung nach waren beide Babys abstoßend wie nur was, aber wenn man sie doch miteinander vergleichen wollte, dann gab es nur einen Sieger. Ich hatte den Fleischklops immer für das häßlichste, unbeholfenste, dämlichste Baby auf der ganzen Welt gehalten, aber verglichen mit dem anderen ist es ein Genie, mit der Fähigkeit, **Krieg und Frieden** zu schreiben und Brahms' Cellosonaten zu spielen, während es Weltrekord im Hundertmetersprint läuft.
Ich ärgerte mich tatsächlich ziemlich über die andere Mutter, als sie geringschätzig über den Fleischklops sprach. Ich gestehe es ja nur höchst ungern, aber der Fleischklops ist schließlich mein Fleisch und Blut. Und wenn Außenstehende ihn angreifen wollen, dann bekommen sie es mit mir zu tun.
Natürlich mag ich den Fleischklops immer noch nicht. Ich will nicht, daß Sie da einen falschen Eindruck bekommen. Ich werde auf meine alten Tage nicht sentimental. Aber immerhin ist Blut dicker als Wasser.

10. Tag

Ach je. Sie hat ihren alten Hometrainer hervorgeholt. Sie schaffte gerade mal zehn Minuten, ehe sie völlig außer Puste zusammensackte.
Ist schon mitleiderregend. Sie versucht, nach dem zweiten Baby ihre Figur wiederzubekommen.

Träum weiter, Süße. Das hast du ja auch nach meiner Geburt nicht geschafft.
Nein, sie muß sich einfach damit abfinden, daß die unschätzbare Bereicherung, die ihr Leben durch meine Geburt erfahren hat, nicht ohne Opfer möglich ist.
Zunächst einmal kann sie Abschied von ihrer Taille nehmen. Oder Größe 38.
Aber neben dem täglichen Frohsinn, den meine Anwesenheit in ihr Leben bringt, gibt es auch noch einige andere Dinge. Schwangerschaftsstreifen und Krampfadern! Hi-hii!

Sie hat heute einen Hometrainer herausgeholt und zehn Minuten darauf gestrampelt.
Ist schon mitleiderregend. Sie versucht, nach mir ihre alte Figur zurückzubekommen.
Träum weiter, Süße.
Ich verfolgte einigermaßen amüsiert ihre erbarmungswürdigen Anstrengungen, und als ich zum Hosenmatz hinüberblickte, sah ich, daß er lächelte.

Den Fleischklops schienen die Verrenkungen unserer Mama ziemlich zu amüsieren. Vielleicht hat das kleine Miststück ja Sinn für Humor.

Wäre es, da wir anscheinend dieselben Dinge lustig finden, möglich, daß wir einmal Freunde werden?

Wäre es, da wir anscheinend dieselben Dinge lustig finden, möglich, daß wir einmal Freunde werden?

Nie im Leben.

Unmöglich. Jeder würde den Anblick unserer Mama auf dem Hometrainer höchst amüsant finden.

11. Tag

Es stinkt mir, daß sie auf ihrem Hometrainer herumhampelt, wenn sie sich darauf konzentrieren sollte,

mein Kostüm für das Krippenspiel zu machen. Zwei der Weisen und der Esel und das kleine Madamchen, das die Maria spielt, und Buddha und Krischna und Mohammed (bin mir nicht ganz sicher, was die drei hier machen, aber unsere Spielgruppe ist eine politisch korrekte Spielgruppe) haben alle schon ihre Kostüme. Und sehen ziemlich dämlich darin aus.
Aber ihre Mamas haben sich wenigstens bemüht. Wenn ich es meiner Mama gegenüber erwähne, sagt sie: »Ja, ich mach es schon. Ich hab in diesen Tagen nur soviel mit dem Baby zu tun.«
Ha. Sie sollte ihre Prioritäten überdenken und sich nicht auf den Fleischklops konzentrieren, wenn sie ein wahres Schauspieltalent in der Familie hat. Über meine Darstellung des Ochsen wird man noch in Jahrzehnten reden, das weiß ich, und sie kann sich im Herbst und Winter ihres Lebens im Widerschein des Ruhms sonnen. Da könnte sie sich jetzt wenigstens um mein Kostüm kümmern.

12. Tag

Sie hat mir heute mein sogenanntes Ochsenkostüm gezeigt. Was für eine Enttäuschung!
Ich meine, ich stellte mir etwas Großartiges vor ... Sie wissen schon, der wohlgeformte Kopf eines edlen

Tieres mit üppigen, stolz gen Himmel gereckten Hörnern – eine Art Kreuzung zwischen dem Minotaurus und dem **König der Berge**.
Doch alles, was ihr einfiel, war ein labbriger brauner Filzhut. Die Ohren waren labbrig. Sogar die Hörner waren labbrig. Sie baumelten traurig an den Seiten herab, so daß ich wie ein zerknirschter Spaniel aussah.

13. Tag

Wir hatten heute eine Probe für das Krippenspiel. Alle trugen ihr Kostüm. Es war ja so was von demütigend. Eine neue Mama, die gerade da war, um die Spielgruppe kennenzulernen, sah mich in meiner Ochsenausstattung und sagte: »Oh, ich wußte nicht, daß im Krippenspiel auch eine Wüstenspringmaus mitspielt.«

16. Tag

Heute machte in der Spielgruppe das kleine Madamchen, das die Maria spielt, eine Szene. Sie regte sich fürchterlich auf, weil die Puppe, die man ihr als Jesuskind gegeben hatte, überhaupt nicht wie ein Baby aussähe. Ha, eine schlechte Schauspielerin schiebt immer alles auf die Requisiten, und sie ist eine abgrundtief schlechte Schauspielerin. Abgesehen von allem anderen läßt sie ständig die Puppe fallen.
Eine der Kindergärtnerinnen sagte: »Nun, vielleicht sollten wir versuchen, für die Aufführung ein richtiges Baby zu finden.«
Ich hätte fast den Fleischklops vorgeschlagen. Würde mir nichts ausmachen, wenn das kleine Madamchen, das die Maria spielt, ihn dauernd fallen ließe.

17. Tag

Wir hatten heute einen »Durchlauf«. Die ganze Aufführung. Sie geht folgendermaßen: Fräulein Frisch-Fromm-Fröhlich-Frei liest aus der Geschichte von irgend so einem Baby vor, das in einem Stall geboren wird (klingt mir sehr nach einer Aufgabe für das Sozialamt). Und an den Schlüsselstellen müssen ein paar von uns Kindern etwas tun.

Aber nur ein paar. Einige sind zu nichts zu gebrauchen. Buddha, Krischna und Mohammed stehen die ganze Zeit einfach nur rum und sehen aus, als wüßten sie nicht, was sie hier sollen (was in Anbetracht der Umstände nicht unbedingt überraschend ist).

Und einige sind zu blöd, um ein Wort hervorzubringen. Das kleine Madamchen, das die Maria spielt, darf zum Beispiel nichts sagen. Die Kindergärtnerinnen wissen, daß sie es vermasseln würde. Nein, das einzige, was sie tun darf, ist, auf ihren Einsatz hin – wenn Fräulein Frisch-Fromm-Fröhlich-Frei sagt: »Und Maria legte das Kind in eine Krippe« – die Puppe in diese Pilzschachtel zu legen. (Sie haben gesagt, daß sie etwas um die Schachtel wickeln wollen, aber bisher ist nichts passiert – es prangen darauf immer noch die Abbildungen von Pilzen.)

Und das kleine Madamchen, das die Maria spielt, ist selbst dafür zu blöd. Fast jedesmal läßt sie in der

Probe die Puppe fallen, so daß sie neben der Pralinenschachtel landet.
Nur ganz wenige von uns dürfen etwas sagen. Die Drei Weisen aus dem Morgenland sagen, welche Geschenke sie der Puppe gebracht haben. Fräulein Frisch-Fromm-Fröhlich-Frei gibt ihnen den Einsatz.
Sie liest vor: »Einer der Drei Weisen brachte ...«, und das erste Kind sagt: »Gold.«
Sie liest vor: »Der zweite brachte ...«, und das zweite Kind sagt: »Weihrauch.« (Sie könnten vielleicht denken, daß dieses für ein Kind in unserem Alter schwer auszusprechen ist, aber wenn ich Ihnen sage, daß der zweite Weise von Klein-Einstein gespielt wird ... erübrigt sich jede Erklärung, oder?)
Dann sagt Fräulein Frisch-Fromm-Fröhlich-Frei: »Und der dritte der Weisen brachte ...«, und das dritte Kind soll eigentlich sagen: »Myrrhe.«

Doch bei diesem Kind ist es die reinste Lotterie. Es könnte alles sagen. »Plörre«. »Mobbi«. »Käse«. »Grommet«. »Willy«. »Spiderman«. Es ist einfach nicht vorherzusagen. Bei jeder Probe gibt es eine Überraschung.

Nur zwei weitere Schauspieler dürfen sprechen. Der Ochse und der Esel. Ich bin ein wenig beunruhigt wegen der Reihenfolge. Selbstverständlich ist es nur richtig, daß der Ochse als erster kommt, aber das bedeutet, daß ich als erster spreche. Somit ist es der Esel, der das letzte Wort hat, dessen Stimme noch in den Ohren der Zuschauer nachklingt, wenn sie hinausgehen.
Und bei dieser Aufführung ist der Esel leider nicht der größte Schauspieler, der je eine Bühne geziert hat. Zunächst einmal ist er ein Mädchen, und ein Esel sollte doch nun wirklich männlich sein, oder etwa nicht?

Und dann sagt sie »Mäh«. Esel sollten nicht »Mäh« sagen. Sie sollten »Iaah« machen, oder? Und diese dämliche Ziege kann einfach nicht »Iaah« sagen, sondern nur »Mäh«. Und die Kindergärtnerinnen haben dies – mit einem Mangel an Professionalität, den ich bei einer Produktion, an der ich beteiligt bin, erschreckend finde – akzeptiert.
Mein einziger Trost ist, daß ihr klägliches kleines »Mäh« in der Erinnerung des Publikums angesichts meines kräftigen und bewegenden »Muh!« untergehen wird.

Die Zeilen sehen übrigens so aus, daß Fräulein Frisch-Fromm-Fröhlich-Frei vorliest: »Und selbst die Tiere wollten das Jesuskind begrüßen. Der Ochse sagte ...« Und dann mache ich »Muh«. »... und der Esel sagte ...« Und der Esel macht »Mäh«.
Der heutige Durchlauf war eine einzige Katasrophe. Aber wir wissen ja, was man über eine mißlungene Generalprobe sagt ...

18. Tag

Heute führten wir das Krippenspiel auf. Das erste Anzeichen, daß dieser Vormittag anders verlaufen würde als sonst, war, daß die Mütter dablieben, nachdem sie uns in der Spielgruppe abgeliefert hatten. (Normalerweise können sie gar nicht schnell genug wieder die Straße erreichen.) Es war sogar vereinzelt ein Papa mitgekommen.

Schlimmer noch, meine Mama hatte den Fleischklops mitgebracht. Er schlief, und sie hatte ihn sich in einem dieser Tragriemendinger vor den Bauch gehängt. War mir das peinlich! Die anderen Mütter hatten weitaus hübschere Accessoires.

Sämtliche Eltern hingen lachend und kichernd auf der einen Seite des Raums rum, während wir alle auf der anderen Seite waren und unsere Kostüme anzogen. Das gefiel mir gar nicht. War mir zu öffentlich.

Und dadurch ging der Überraschungseffekt verloren. Ich wollte majestätisch auftreten, wenn ich als der Ochse hereinkam (selbst wenn ich wie eine Wüstenspringmaus aussah).

Endlich waren wir mehr oder weniger umgezogen, und das Krippenspiel konnte beginnen. Doch schon vorher blitzten die Blitzlichter und surrten die Videokameras. Sämtliche Eltern wollten jede Bewegung ihrer häßlichen kleinen Brut für die Nachwelt festhalten – selbst wenn sie nur Schäfer mit um den Kopf gewickelten Geschirrtüchern spielten.

Ich wußte nicht, ob mir die Fotografiererei gefiel oder nicht. Einerseits wollte ich, daß meine unvergeßliche Darstellung des Ochsen für die Ewigkeit festgehalten wurde, aber andererseits war ich nicht sonderlich erpicht darauf, als Wüstenspringmaus Unsterblichkeit zu erlangen.

Die Entscheidung wurde mir jedoch aus den Händen genommen, da meine Mama sowohl Fotoapparat als auch Videokamera zu Hause vergessen hatte! Also wirklich! Sie ist ja so was von zerstreut geworden, seit der Fleischklops da ist.

Das kleine Madamchen, das die Maria spielt, zeigte gleich ihr Können: noch ehe sie überhaupt richtig aufgetreten war, ließ sie das Baby fallen. Die versammelten Mamas und Papas fanden das urkomisch. O nein, dachte ich, **diese** Art von Publikum. Nur hier, um sich lustig machen zu können.

Naja, was soll's, dachte ich. Ich wußte, daß ihnen mindestens ein Augenblick wahren Dramas bevorstand. Wartet nur, bis ihr mein »Muh« hört, dann erstarrt euch das Blut in den Adern. Ich würde schon dafür sorgen, daß ihnen das Lachen verging.

Als das kleine Madamchen, das die Maria spielt, das Jesuskind den Weisen vorführen sollte, ließ sie es doch tatsächlich erneut fallen. Auch diesmal Riesengelächter aus dem Publikum.

Und, wie vorherzusehen war, ein weiteres Mal, als wir zu der Stelle mit den Geschenken der Drei Weisen kamen.

»Einer der Weisen brachte ...« las Fräulein Frisch-

Fromm-Fröhlich-Frei, und das erste Kind sagte: »Gold.« Haarscharf richtig.
Fräulein Frisch-Fromm-Fröhlich-Frei fuhr fort: »Der zweite Weise brachte …«, und das zweite Kind sagte: »Weihrauch.« Absolut perfekt. (Die zurückhaltende Reaktion des Publikums ob Klein-Einsteins Leistung lieferte mal wieder den Beweis, daß kleine Klugscheißer überall unbeliebt sind.)
Dann warteten wir mit angehaltenem Atem, als Fräulein Frisch-Fromm-Fröhlich-Frei weiterlas: »Und der dritte Weise brachte …«
Es entstand eine lange Pause, während der dritte Weise überlegte. Schließlich sagte er laut: »Aa!«
Da lachten wir alle los, Kinder und Eltern. Nun, Sie müssen zugeben, daß das witzig war.

Das Gelächter legte sich jedoch, und das war gut so. Denn mein großer Moment rückte näher, und ich wollte, daß sie ihm mit Ernst entgegensahen, damit sie die Feinheiten meines »Muh« besser goutieren konnten. Wir näherten uns unbarmherzig dem Höhepunkt des

Stücks. Fräulein Frisch-Fromm-Fröhlich-Frei las vor: »Und sogar die Tiere wollten das Jesuskind begrüßen. Der Ochse sagte ...«
Ich legte mit großem Bedacht eine lange, dramatische Pause ein, holte tief Luft und –
In dem Moment ertönte aus dem Publikum ein Heulen. Eigentlich weniger ein Heulen als ein schriller Sirenenschrei.
Das Publikum brüllte vor Lachen. Mein »Muh« ging in dem Krach völlig unter.
Der verdammte Fleischklops hatte genau diesen Augenblick gewählt, um aufzuwachen!
Ha! Für diesen unverfrorenen Akt des Showstehlens wird er mir später einmal büßen!

Hi-hii! Dem Hosenmatz habe ich seinen großen Auftritt heute aber gründlich vermasselt! Das wird er noch lernen müssen – niemand versucht ungestraft, mich aus dem Rampenlicht zu drängen!

19. Tag

Mein letzter Vormittag in der Spielgruppe. Äußerst erleichtert hörte ich heute, wie meine Mama zu Fräulein Frisch-Fromm-Fröhlich-Frei sagte: »Ich glaube, im nächsten Halbjahr werden wir nicht mehr zweimal die Woche in die Spielgruppe kommen.«

Hurra, hurra, dachte ich. Endlich ist ihr klargeworden, wie einengend sich diese Reglementierung auf einen jungen Menschen wie mich auswirkt.
Doch dann zerstörte sie all meine Hoffnungen, indem sie fortfuhr: »Ich glaube, wir sollten es auf fünf Vormittage in der Woche ausweiten.«
Was? Und wann werde ich dann mal Zeit für mich haben?

20. Tag

Bisher hat sie den Fleischklops immer in einer Babywanne gebadet, aber heute abend hat sie ihn zu mir in die große Wanne gesteckt. Zunächst war ich einigermaßen beleidigt. Er hatte hier bei mir nichts zu suchen!

Sie hatte den Nerv, mich in dasselbe Bad wie den Hosenmatz zu stecken! Ich war stinkwütend. Ich will mit solchen wie ihm nicht verkehren müssen.

Das einzig Gute bei der Sache mit dem gemeinsamen Bad ist, daß sie sich über den Wannenrand lehnen muß, um den Fleischklops zu halten. Damit ist sie in perfekter Spritzreichweite – und sie kann nicht zurückweichen, weil sie den Fleischklops ja festhalten muß!

Das einzig Gute in dieser großen Wanne im Vergleich zur Babywanne ist die Wassermenge. Wenn ich wie wild strample, wird sie klitschnaß.

Als der Fleischklops und ich zusammen Wasser spritzten, war es, als wäre sie von einer Flutwelle überrollt worden.

Als der Hosenmatz und ich erstmal einen Rhythmus gefunden hatten, war es, als wäre sie von einer Flutwelle überrollt worden.

Das eröffnet völlig neue Möglichkeiten für das Badechaos. Hi-hii.

Ich glaube, von jetzt an wird das Baden richtig lustig. Hi-hii.

25. Tag

Heute zogen wir wieder diese Weihnachtsnummer ab. Den Fleischklops schien das Geschenkpapier mehr zu interessieren als die Geschenke. Dümmer, als die Polizei erlaubt, oder?
Und ich kriegte immer noch nicht meinen 700-DM-Super-Mega-CD-Blaster. Es ist schrecklich, wenn einem Kind nicht einmal die einfachsten Wünsche erfüllt werden.

Heute war Weihnachten. Ich erhielt Berge von Geschenken. Sie schienen sich darüber zu amüsieren, als ich mit dem Geschenkpapier statt mit den Geschenken spielte. Naja, wenn's sie glücklich macht …

29. Tag

Ein grauenvolles Unglück heute! Glupschi, der inzwischen nur noch die Größe einer Staubflocke hat, fiel mir auf den Boden, als sie gerade saubermachte, und sie hat ihn aufgesaugt!
Ich weinte und klagte und schrie »Glupschi!« und zeigte auf den Staubsaugerbeutel. Endlich verstand sie und leerte den gesamten Inhalt auf ein Zeitungsblatt. Ich ließ sie den ganzen Dreckhaufen durchsuchen, bis sie Glupschi gefunden hatte.
Sie reichte ihn mir.
Ich glaube, einen weiteren derartigen Verlust könnte ich nicht ertragen. Ich muß Glupschi an einer sicheren Stelle aufbewahren.
Nachdem meine Mutter also aus dem Zimmer gegangen war, überlegte ich, wie Glupschi und ich auf ewig zusammenbleiben könnten.
Ich schluckte ihn.

Uii. Seht nur, wie prachtvoll ich mich in den letzten vier Monaten entwickelt habe. Ich sehe gut aus, bin reif, intelligent, kann auf allen möglichen Gebieten mit höchsten Fertigkeiten aufwarten.
Die einzige Wolke am sonnigen Himmel meines Daseins ist der Hosenmatz. Ich habe mich allerdings schon fast mit ihm abgefunden. Er ist zwar ein wenig einnehmendes kleines Ungeheuer, aber auf der anderen Seite gibt es Augenblicke, in denen wir unseren Eltern das Leben in Teamarbeit sogar noch schwerer machen können als jeder von uns allein.
Ich will damit nicht sagen, daß unsere Partnerschaft auf gleichberechtiger Basis aufgebaut ist. Liebe Güte, nein. Es kann gar keine Frage bestehen, wie in dieser Familie die Gewalten verteilt sind. Meine Eltern sind meine untertänigen Sklaven und ... ICH BIN HIER DER BOSS.

Ich bin jetzt fast drei – gutaussehend, reif, intelligent, kann auf allen möglichen Gebieten mit höchsten Fertigkeiten aufwarten.

Der Tiefpunkt dieses Jahres war die Ankunft des Fleischklopses. Er ist immer noch da, und so bin ich widerstrebend zu dem Schluß gelangt, daß sie ihn tatsächlich behalten wollen. Aber Geschmack hatten sie ja noch nie.

Auf der anderen Seite gibt es Augenblicke, in denen der Fleischklops durchaus nützlich sein kann. Es ist manchmal gar nicht so schlecht, bei der Zerrüttung der elterlichen Nerven einen Helfer zu haben.

Die Ankunft des Fleischklopses hat jedoch an der Gewaltenverteilung in dieser Familie nichts geändert. O nein, trotz all der Veränderungen in diesem Haushalt während des vergangenen Jahres sind meine Eltern immer noch meine mir ergebenen Sklaven, und … ICH BIN HIER IMMER NOCH DER BOSS.